Bengesco, 480.

Besterman. Some XVIIIth c.
Voltaire editions unknown
to Bengesco. 4th ed. [In
Studies on Voltaire , Nó CXI]
No. 153.

C.V. no 1893 bis

La Pucelle d'Orleans,

OU

JEANNE D'ARC,

POEME

EN SEIZE CHANTS.

Par Mr. DE V-------.

EDITION la plus complette que l'on puisse produire au Public.

Imprimé a *Tabesterahn*, par *Pyr Mardechanburg*,
1756.

La Pucelle d'Orleans,

CHANT PREMIER.

Amours honêtes de Charles VII. et d'Agnès de Sorel. Siège d'Orlèans par les Anglais. Apparition de St. Denis, &c.

VOUS m'ordonnez de célébrer des Saints:
Ma voix est faible, et même un peu prophane.
Il faut pourtant vous chanter cette Jeanne,
Qui fit, dit-on, des prodiges divins.
Elle affermit de ses pucelles mains
Des fleurs de lys la tige Gallicane :
Sauva son Roi de la rage Anglicane,
Et le fit oindre au maître autel de Reims.
Jeanne montra sous feminin visage,
Sous le corset et sous le Cotillon,
D'un vrai Roland le vigoureux courage.
J'aimerois mieux le soir pour mon usage
Une beauté douce comme un mouton.
Mais Jeanne d'Arc eut un cœur de Lyon.

Vous le verrez, fi lifez cet ouvrage.
Vous tremblerez de fes exploits nouveaux.
Et le plus grand de fes rares travaux
Fut de garder un an fon pucelage.
O chapelain, toi dont le violon
De difcordante et gothique mémoire,
Sur un archet maudit par Apollon,
D'un ton fi dur à raclé fon hiftoire,
Vieux chapelain, pour l'honneur de ton art
Tu voudrois bien me prêter ton génie.
Je n'en veux point ; c'eft pour la Motte-Houdart,
Quand l'Iliade eft par lui traveftie.
On pour quelqu'autre de fon académie.
Le bon Roi Charle, au printems de fes jours,
Au tems de Pâque en la cité de Tours,
A certain bal (ce Prince aimoit la dance)
Avoit trouvé, pour le bien de la France,
Une beauté nommée Agnés Sorel.
Jamais l'amour ne forma rien de tel.
Imaginez de Flore la jeuneffe,
L'a taille et l'air de la Nymphe des bois,
Et de Vénus la grace enchantereffe,
Et de l'amour le féduifant minois,
L'art d'Arachné, le doux chant des Sirénes ;
Elle avoit tout. Elle auroit dans fes chaînes
Mis les Héros, les Sages et les Rois.
L'a voir, l'aimer, fentir l'ardeur brulante
Des doux défirs enleur chaleur naiffante,
Lorgner Agnés, foupirer et trembler,
Perdre la voix en voulant lui parler,
Preffer fes mains d'une main carreffante,
Laiffer briller fa flamme impatiente,
Montrer fon trouble, en caufer à fon tour,

Lu

Lui plaire enfin, fut l'affaire d'un jour.
Princes, et Rois, vont très vite en amour.

Agnès voulut, savante en l'art de plaire,
Couvrir le tout des voiles du myftère,
Voile, de gaze, et que les courtifans
Percent toûjours de leurs yeux malfaifans.

Donc, pour câcher comme on put cette affaire,
Le Roi choifit le confeiller Bonneau,
Confident sûr, et tres bon Tourangeau:
Il eut l'emploi, qui certes n'eft pas mince,
Et qu'à la Cour, où tout fe peint en beau,
Nous apellons être l'ami du Prince,
Et qu'à la ville, et furtout en Province
Les gens groffiers ont nommé Maquereau.
Monfieur, Bonneau, fur le bord de la Loire,
Etait Seigneur d'un fort joli château.

Agnès un foir s'y rendit en bateau,
Et le Roi Charles y vint à la nuit noire.
On y foupa; Bonneau fervit à boire.
Tout fut fans fafte, et non pas fans aprêts.
Feftins des Dieux vous n'êtres rien auprès.
Nos deux amants pleins de trouble et de joye,
Yvres d'amour, à leur défirs en proye,
Se renvoyoient des regard enchanteurs,
De leurs plaifirs brulans avant-coureurs.
Les doux propos, libres fans indécence,
Aiguillonnoient leur vive impatience.
Le Prince en feu des yeux la dévoroit ;
Contes d'amour d'un air tendre il faifoit,
Et du genou, le genou lui preffoit.

Le fouper fait on eut une mufique,
Italienne en genre Cromatique ;
On y mêla trois différentes voix
Aux violons, aux flutes, aux haut-bois.

Elles

Elles chantoient l'allégorique hiſtoire
De cent heros qu'amour avait domptés,
Et qui pour plaire à de tendres beautès
Avoient quitté les fureurs de la gloire.
Dans un réduit cette muſique étoit,
Près de la chambre où le bon Roi ſoupoit.
La belle Agnès diſcrette et retenue,
Entendoit tout, et d'aucuns n'étoit vûe.
Déja la Lune eſt au haut de ſon cours ;
Voilà minuit ; c'eſt l'heure des amours.
Dans une alcove artiſtement dorée,
Point trop obſcure et point trop éclairée,
Entre deux draps que la Friſe a tiſſûs ;
D'Agnès Sorel les charmes ſont reçus.
Près de l'alcove une porte eſt ouverte
Que Dame Alix ſuivante très-experte,
En' s'en allant oublia de fermer.
O' vous amants, vous qui ſeavez aimer,
Vous voyez bien l'extréme impatience
Dont pètilloit nôtre bon Roi de France.
Sur ſes cheveux en treſſe retenus
Parfums exquis ſont déja répandus.
Il vient, il entre au lit de ſa maitreſſe ;
Moment charmant de joie et de tendreſſe,
Le cœur leur bat ; l'amour et la pudeur,
Au front d'Agnès ſont monter la rougeur.
La pudeur paſſe et l'amour ſeul demeure.
Son tendre amant l'embraſſe tout-à-l'heure,
Ses yeux ardents, éblouïs, enchantés,
Avidemment parcourent ſes beautés.
Qui n'en ſeroit en effet idolâtre ?
Sous un cou blanc qui fàit honte à l'albâtre
Sont deux têtons ſéparés, faîts au tour,
Allans, venans, arrondis par l'amour.

Leur

Leur bouton net eſt de couleur de roſe ;
Teton charmant qui jamais ne repoſe,
Vous invitiés les mains à vous preſſer
L'œil à vous voir, la bouche à vous baiſer.
Pour mes Lecteurs tout plein de complaiſance,
J'allois montrer à leurs yeux ébaudis
De ce beau corps les contours arondis ;
Mais la vertu qu'on nomme bienséance,
Vient arrêter mes pinceaux trop hardis.
Tout eſt beauté, tout eſt charmes dans elle.
La volupté dont Agnès à ſa part
Lui donne encor une grace nouvelle,
Elle l'anime ; amour eſt un grand fard ;
Et le plaiſir embellit toute belle.
Trois mois entiers nos deux jeunes amants
Furent livrés à ces raviſſements.
Du jeu d'amour ils vont droit à la table.
Un déjeuné reſtaurant, delectable
Rend à leur ſens leur premiére vigueur,
Puis pour la chaſſe épris de même ardeur
Ils vont tous deux ſur des chevaux d'Eſpagne
Suivre cent chiens japants dans la campagne.
A leur retour on les conduit aux bains.
Pâtes, parfums, odeurs de l'Arabie,
Qui font la peau douce, fraiche, et polie
Sont prodigués ſur eux à pleines mains.
Le diner vient, la délicate chére !
L'oiſeau du phaſe, et le coq de bruière,
De vingt ragoûts l'aprêt délicieux,
Charment le nez, le palais, et les yeux,
Du vin d'Aï la mouſſe pétillante,
Et du Tokai la liqueur jauniſſante
En chatouillant les fibres des cerveaux,
Portent un feu qui s'exhale en bons-mots.

Le

Le diner fait on digére, on raisonne,
On conte, on rit, on médit du prochain,
On fait brailler des vers à maître Alain,
On fait venir des Docteurs de Sorbonne,
Des perroquets, un singe, un arlequin.
Le Soleil baisse ; une troupe choisie
Avec le Roi court à la Comédie,
Et sur la fin de ce fortuné jour
Le couple heureux s'enivre encor d'amour.
Plongés tous deux dans le sein des délices,
Ils paraissaient en goûter les prémices.
Toûjours heureux, et toûjours plus ardents,
Point de soupçons, encor moins de querelles,
Nulle langueur, et l'amour et le tems
Auprès d'Agnés ont oublié leurs aîles.
Charle souvent disoit entre ses bras
En lui donnant des baisers tout de flamme :
Ma chère Agnès, idôle de mon ame,
Le monde entier ne vaut pas vos appas.
Vaincre et régner n'est rien qu'une folie.
Mon Parlement me bannit aujourdhuy,
Au fier Anglois la France est asservie.
Ah ! qu'il soit Roi, mais qu'il me porte envie.
J'ai vôtre cœur, je suis plus Roi que lui.
Un tel discours n'est pas trop héroïque ;
Mais un héros quand il tient dans un lit
Maitresse honnête, et que l'amour le pique,
Peut s'oublier, et ne sait ce qu'il dit.
   Comme il menoit une joïeuse vie
Tel qu'un Abbé dans sa grasse Abbaïe,
Le Prince Anglois toûjours plein de furie,
Toûjours aux champs, toûjours armé, botté,
Le pot en tête, et la dague au côté,
Lance en arrêt, la visière haussée

Fouloit

Fouloit aux pieds la France terraſſée
Il marche, il vole, il renverſe en ſon cours
Les murs épais, les ménacantes tours,
Répand le ſang, prend l'argent, taxe, pille,
Livre aux ſoldars et la mére, et la fille,
Fait violer des Couvents de Nonains,
Boit le muſcat des péres Bernardins,
Frappe en écus l'or qui couvre les Saints,
Et ſans reſpect pour Jeſus ni Marie
De mainte Egliſe il fait mainte écurie,
Ainſi qu'on voit dans une bergetie
Des loups ſanglants de carnage altérés,
Et ſous leurs dents les troupeaux déchirés,
Tandis qu'au loin couché dans la prairie
Colin s'endort ſur le ſein d'Egerie,
Et que ſon chien près d'eux eſt occupé,
A ſe ſaiſir des reſtes du ſoupé.

 Or, du plus haut du brillant Apogée,
Séjour des ſaints, et fort loin de nos yeux,
Le bon Denis prêcheur de nos aieux,
Vit les malheurs de la France affligée,
L'état horrible où l'Anglois l'a plongée,
Paris aux fers, et le Roi très-Chrétien,
Baiſant Agnès, et ne ſongeant à rien.
Ce bon Denis eſt patron de France
Ainſi que Mars fut le ſein des Romains,
Où bien Pallas chez les Athéniens.
Il faut pourtant en faire différence,
Un Saint vaut mieux que tous les Dieux païens.

 Ah, par mon chef, dit-il, il n'eſt pas juſte
De voir tomber ainſi l'Empire Auguſte,
Où de la foi j'ai planté l'étendart ;
Trône des lys tu cours trop de hazard,
Sang des Valois je reſſens res miſéres.

Ne

Ne souffrons pas que les superbes fréres,
De Henri cinq sans droit et sans raison,
Chaffent ainsi le fils de la maison.
Jai, quoi que Saint, et Dieu me le pardonne,
Averfion pour la race Bretonne.
Car si j'en crois le livre des deftins,
Un jour ces gens raifonneurs et mutins
Se gaufferont des faintes Décrétales,
Déchireront les Romaines Annales,
Et tous les ans le Pape bruleront.
Vengeons de loin ce facrilége affront;
Mes chers François feront tous catholiques;
Ces fiers Anglois feront tous héretiques.
Frappons, chaffons ces dogues Britaniques,
Puniffons les par quelque nouveau tour,
De tout le mal qu'ils doivent faire un jour.
Des Gallicans ainfi parloit l'apôtre,
Démaudiffons lardant fa patenôtre.
   Et cependant que tout feul il parlait,
Dans Orléans un Confeil fe tenait.
Par les Anglois cette ville bloquée
Au Roi de France allait être extorquée.
Quelques Seigneurs et quelques Confeillers,
Les uns pédants et les autres guerriers,
Sur divers tons déplorant leur mifére,
Pour leur refrain difoient, que faut il faire ?
Poton, la Hire, et ce brave Dunois,
S'ecrioient tous en fe mordant les dogits;
Allons, amis, mourons pour la patrie,
Mais aux Anglois vendons cher nôtre vie.
Le Richemont crioit tout haut, par Dieu
Dans Orléans il faut mettre le feu,
Et que l'Anglois qui penfe ici nous prendre
N'ait rien de nous que fumée et que cendre.

Pour

Pour La Trimouille il difoit, attendons
Jufqu'a demain, et beau jeu nous verrons.
Le préfident Louvet grand perfonnage,
Au maintient grave et qu'on eut pris pour fage,
Dit ; je voudrois que préalablement
Nous fiffions rendre arrêt de Parlement
Contre l'Anglois, et qu'en ce cas énorme
Sur toute chofe on procédât en forme.
Sur cette affaire ils parloient tous fort bien,
Ils difoient d'or, et ne concluoient rien.
 Comme ils parloient on vit par la fenêtre
Je ne fçais quoi dans les airs aparoître :
Un beau fantôme au vifage vermeil
Sur un raïon détaché du Soleil
Des Cieux ouverts fend la voute profonde.
Odeur de Saint fe fentoit à la ronde.
Le bon Denis deffus fon chef avoit
A deux pendants une Mitre pointüe
D'or et d'argent fur le fommet fendüe.
Sa dalmatique au gré des vents flottoit,
Son front brilloit d'une fainte auréole,
Son cou panché laiffoit voir fon étole,
Sa main portoit ce bâton paftoral
Qui fut jadis *lituus augural.*
A cet objet qu'on difcernoit fort mal,
Voilà d'abord Monfieur de la Trimouille,
Paillard dévot, qui prie et s'agenouille.
Le Richemont qui porte un cœur de fer,
Blafphémateur, jureur impitoyable,
Hauffant la voix dit que c'étoit un Diable
Qui leur venoit du fin fond de l'enfer ;
Que ce feroit chofe très agréable
Si l'on pouvoit parler à Lucifer.
Maître Louvet s'en courut au plus vite.

C

Chercher un pot tout rempli d'eau bénite.
Poton, La Hire, et Dunois ébahis
Ouvrent tout trois de grands yeux ébaubis.
Tous les valets font couchés fur le ventre,
L'objet aproche, et le faint fantome entre
Tout doucement porté fur fon rayon,
Puis donne à tous fa bénédiction.
Soudain chacun fe figne et fe profterne :
Il les réleve avec un air paterne.
Puis il leur dit; ne faut vous effrayer,
Je fuis Denis, et faint de mon métier.
J'aimai la Gaule, et l'ai cathéchifée,
Et ma bonne ame eft trés-fcandalifée
De voir Charlot mon filleul tant aimé
Dont le pays en cendre eft confumé,
Et qui s'amufe au lieu de le défendre,
A deux tétons qu'il ne ceffe de prendre.
J'ai réfolu d'affifter aujourdhui
Les bons François qui combattent pour lui;
Je veux finir leur peine et leur miſére.
Tout mal guérit, dit-on, par fon contraire.
Or fi Charlot veut pour une Catin
Perdre la France et l'honneur avec elle,
J'ai réfolu pour changer fon deftin
De me fervir des mains d'une pucelle.
" Vous fi d'enhaut vous défirez les biens,
" Si vos cœurs font et François et Chrêtiens,
" Si vous aimez, le Roi, l'Etat, l'Eglife,
" Affiftez-moi dans ma fainte entreprife,
" Montrez le nid où convient de chercher
" Ce vrai Phénix que je veux dénicher,
    A tant fe tut le vénérable Sire.
Quand il eut fait, chacun fe prit à rire.
Le Richemont né plaifant et moqueur,

Lui

Lui dit ; ma foi, mon cher Prédicateur
Monfieur le faint, ce n'étoit pas la peine
D'abandonner le célefte domaine,
Pour demander à ce peuple méchant
Ce beau joyau que vous eftimez tant.
Quand il s'agit de fauver une ville
Un pucelage eft une arme inutile.
Pourquoi d'ailleurs le prendre en ce pays,
Vous en avez tant dans le Paradis !
Rome et Lorette ont cent fois moins de cierges
Que ches les faints il n'eft là haut de vierges,
Chez les Francois, hélas, il n'en eft plus.
Tous nos moutiers font à fec là-deffus.
Nos francs Archers, nos Officiers, nos Princes
Ont dès longrems dégarni les Provinces.
Ils ont tous fait en dépit de vos faints
Plus de batards encor que d'orphelins.
Monfieur Denis pour finir nos querelles,
Cherchez ailleurs, s'il vous plait, des pucelles.
Le Saint rougit de ce difcours brutal ;
Puis auffi-tôt il remonte à cheval.
Sur fon tayton fans dire une parole ;
Pique des deux ; et par les airs s'envole,
Pour déterrer, s'il peut, ce beau bijou
Qu'on tient fi rare et dont il femble fou.
Laiffons-le aller ; et tandis qu'il fe perche
Sur l'un des traits qui vont porter le jour.
Ami lecteur, puifliez-vous en amour
Avoir le bien de trouver ce qu'il cherche.

CHANT

CHANT SECOND.

Jeanne armèe par Saint Denis, va trou-
ver Charles VII. à Tours : ce qu'elle fit
en chemin.

Heureux cent fois qui trouve un pucelage ;
C'eſt un grand bien, mais de toucher un cœur
C'eſt à mon ſens le plus cher avantage.
Se voir aimer, c'eſt là le vrai bonheur ;
Quimporte hélas d'arracher une fleur ?
C'eſt à l'amour à nous ceuillir la roſe ;
Mes chers amis ayons tous cet honneur ;
Ainſi ſoit-il ; mais parlons d'autre choſe.
    Vers les confins du pays Champenois,
Ou cent poteaux marqués de trois marlettes
Diſoient aux gens, *en Lorraine vous étes,*
Eſt un vieux bourg peu fameux autrefois ;
Mais il mérite un grand nom dans l'hiſtoire ;
Car de lui vient le Salut et la glorie ;
Des fleurs de Lys ; et du peuple Gaulois.
    De Douremy chantons tous le Village,
Faiſons paſſer ſon beau nom d'âage en âge.
O Douremy! tes pauvres environs
N'ont ni muſcats, ni pêches, ni citrons.
Ni mine d'or, ni bon vin qui nous damne,
Mais c'eſt à toi que la France doit Jeanne,
Jeanne y nâquit : certain Curé du lieu
Faiſant partout des ſerviteurs à Dieu

Ardent

Ardent au lit, à table, à la priére
Moine autrefois de Jeanne fut le pére.
Une robuste et grasse Chambriére
Fut l'heureux moule ou ce pasteur jetta
Cette beauté, qui les Anglois dompta.
Vers les seize ans en une hotelleire
On l'engagea pour servir l'écurie.
A Vaucouleurs: (et déjà de son nom
Là renommée emplissoit le Canton.
Son air est fier, assuré, mais honnête ;
Ses grands yeux noirs brillent à fleur de tête ;
Trente deux dents d'une égale blancheur
Sont l'ornement de sa bouche vermeille.
Qui semble aller de l'une à l'autre oreille.
Mais bien bordée et vive en sa couleur
Appetissante et fraiche par merveille.
Ses tetons bruns, mais fermes comme un roc
Tentent la robe, et le casque, et le froc:
Elle est active adroite vigoureuse,
Et d'une main potelée et nerveuse,
Soutient fardeaux ; verse cent brocs de vin,
Sert le bourgeois, le noble, le Robin :
Chemin faisant, vingt soufflets distribuë
Aux etourdis dont l'indiscrette main,
Va tatonnant sa cuisse ou gorge nuë ;
Travaille et rit du soir jusqu'au matin
Conduit chevaux, les panse, abreuve, étrille
Et les pressant de sa cuisse gentille,
Les monte à cru comme un soldat Romain.
    O' profondeur ! ò Divine Sagesse !
Que tu confonds l'orgueilleuse foiblesse
De tous ces grands si petits à res yeux !
Que les petits sont grands quand tu le veux !
Ton Serviteur Denis le bienheureux

N'alla

N'alla roder aux Palais des Princesses
N'alla chez vous Mesdames les Duchesses.
Denis courut : amis qui le croiroit :
Chercher l'honneur, où ? dans un Cabaret.
   Il étoit tems que l'Apôtre de France
Envers sa Jeanne usât de diligence
Le bien public étoit en grand hazard.
De Satanas la malice est connue
Et si le Saint fut arrivé plus tard
D'un seul moment, la France étoit perduë.
   Un Cordelier nommé Roch Grisbourdon,
Avec Chandos arrivé d'Albion,
Etoit alors dans cette hotelleire :
Il aimoit Jeanne autant que sa patrie.
C'étoit l'honneur de la penaillerie,
De tous côtes allant en mission,
Prédicateur, confesseur, espion,
De plus, grand clerc en la sorcelerie,
Savant dans l'art en Egypte sacré,
Dans ce grand art cultivé ches les Mages,
Ches les Hebreux, chez les antiques Sages;
De nos savans dans nos jours ignoré.
Jours malheureux ! tout est dégeneré.
   En feüilletant ses livres de caballe
Il vit qu'aux siens elle seroit fatale,
Qu'elle portoit dessous son court japon
Tout le destin d'Angleterre et de France.
Encouragé par la noble assistance
De son génie, il jura son cordon
Qu'il saisiroit ce beau Palladium.
  " J'aurai, dit-il, Jeanne dans ma puissance ;
  " Je suis Anglois, je dois faire le bien
  " De mon pays, mais plus encor le mien.

Au même temps un ignorant un ruſtre
Lui diſputait cette conquête illuſtre ;
Cet ignorant valoit un cordelier,
Car vous ſaurez qu'il était muletier.
Le jour, la nuit offrant ſans fin ſans terme,
Son lourd ſervice et l'amour le plus ferme.
L'occaſion, la douce égalité,
Faiſoit pancher Jeanne de ſon côté,
Mais ſa pudeur triomphoit de ſa flamme
Lui par les yeux ſe gliſſoit dans ſon ame.
Roch Griſbourdon vit ſa naiſſante ardeur.
Mieux qu'elle encor il liſoit dans ſon cœur.
Il vint trouver ſon rival ſi terrible
Puis il lui tint ce diſcours très plauſible.
" Puiſſant héros qui panſés au beſoin
" Tous les mulets commis à vôtre ſoin,
" Je ſai combien Jannette vous eſt chére.
" Elle a mon cœur comme elle a tous nes vœux.
" Rivaux ardens nous nous craignons tous deux.
" En bons amis accordons nous pour elle ;
" Amants unis, et rivaux ſans querelle.
" Tatons enſemble de ce morceau friand
" Qu'on pouroit perdre en ſe le diſputant.
" Conduiſez moi vers le lit de la belle,
" J'invoquerai le Démon du dormir
" Ses doux pavots vont ſoudain, l'aſſoupir
" Et tour à tour nous veillerons pour elle.
Incontinent le Mage au capuchon
Prend ſon grimoire, évoque le Démon
Qui de morphée eur autrefois le nom.
Ce peſant Diable eſt maintenant en France
Avec Meſſieurs il ronfle à l'audience
Dans le parterre il vient baillez le ſoir :

Aux

Aux cris du moine il monte en son char noir
Par deux hiboux trainé dans la nuit sombre.
Dans l'air il glisse, et doucement fend l'ombre.
Les yeux fermez il arrive en baillant,
Se met sur d'Arc la tatonne et s'étend,
Et sécouant son pavot marcotique
Lui soufle au sein, vapeur soporifique,
Tel on nous dit que le moine Girard
En confessant la Gentille Cadiére
Insinuoit de son soufle paillard
De diablotaux une ample fourmilliére.
  Nos deux galants pendant ce doux sommeil
Aiguillonnés du démon du reveil
Avaient de Jeanne oté la couverture.
Déja trois dez roulant sur son beau sein
Vont décider au Jeu de Saint Guilain
Lequel des deux doit tenter l'avanture.
Le moine gagne ; un Sorcier est heureux !
Le Grisbourdon se saisit des en-jeux ;
Embrasse Jeanne : ò soudaine merveille !
Denis arrive et Jeanne se réveille,
O Dieu! qu'un Saint fait trembler tout pécheur !
Nos deux rivaux se renversent de peur.
Chacun d'eux fuit, en portant dans le cœur,
Avec la crainte un désir de malfaire.
Vous avez vu sans doute un Commissaire
Chercant de nuit un couvent de Vénus ;
Un jeune essain de tendrons de mi-nus
Saute du lit, s'ésquive, se dérobe
Aux yeux hagards du noir pédant en robe.
Ainsi fuyoient mes paillards confondus.
Dénis s'avance, et reconforte Jeanne
Tremblante encor de l'attentat profane,
Puis il lui dit: vase d'election

" Le Dieu des Rois par ſes mains innocentes,
" Veut des Francois vanger l'oppreſſion,
" Et renvoyer dans les champs d'Albion
" Des fiers Anglois les Cohortes ſanglantes.
" Dieu ſait changer d'un ſouffle tout puiſſant
" Le roſeau faible en cèdre du Liban,
" Secher les mers, abaiſſer les Colines
" Du monde entier reparer les ruines,
" Devant tes pas la foudre grondera
" Autour de toi la terreur volera,
" Et tu verras l'Ange de la la victoire
" Ouvrir pour toi les ſentiers de la gloire.
" Suis moi, renonce à tes humbles travaux,
" Viens placer Jeanne au nombre des héros.
   A ce diſcours terrible et patetique
Et qui n'eſt point en ſtile academique,
Jeanne étonnée ouvrant un large bec
Crut quelque tems que l'on lui parloit Grec.
Dans ce moment un rayon de la grace ;
Dans ſon eſprit porte un jour efficace.
Jeanne ſentit dans le fond de ſon cœur.
Tous les élans d'une ſublime ardeur,
Non ce n'eſt plus Jeanne la chambriére.
C'eſt un héros, c'eſt une ame guerriére.
Tel un bourgeois humble, ſimple groſſier
Qu'un vieux richard a fait ſon héritier
En un palais fait changer ſa chaumiére.
Son air honteux devient démarche fiére ;
Les grands ſurpris admirent ſa hauteur.
Et les petits l'apellent, *Monſeigneur.*
   Or pour hâter leur auguſte entreprise
Jeanne et Denls s'en vont droit á l'Egliſe.
Lors aparut deſſus le maître Autel,
(Fille de Jean quelle fut ta ſurpriſe ?)

Un

Un beau harnois tout frais venu du Ciel ;
Des arcenaux du terrible Empirée.
En cet inftant, par l'Archange Michel,
La noble armure avait été tirée.
On y voyoit l'armet de Débora,
Ce clou pointu, funefte à Sizara ;
Le caillou rond, dont un Berger fidéle
De Goliath entama la cervelle ;
Cette mâchoire avec quoi combattit
Le fier Samfon, qui fes cordes rompit
Lorfqu'il fe vit vendu par fa Donzelle.
Le coutelet de la belle Judith,
Cette beauté fi faintement perfide,
Qui, pour le Ciel, galante et homicide,
Son cher Amant maffacra dans fon lit.
A ces objets, Jannette émerveillée ;
De cette armure eft bien-tôt habillée ;
Elle vous prend et cafque et corfelet ;
Braffards, cuiffards, baudrier, gantelet ;
Lance, clou, dague, épieu, caillou, machoire,
Marche, s'éffaïe, et brûle pour la gloire.
   Toute héroïne a befoin d'un Courfier,
Jeanne en demande au trifte Muletier :
Mais auffi-tôt un Ane fe préfente,
Au beau poil gris, à la voix éclatante,
Bien étrillé, fellé, bridé, ferré,
Portant arcons, avec chanfrein doré,
Caracolant, du pied frapant la terre
Comme un Courfier de Thrace, ou d'Angleterre.
   Ce beau grifon deux aîles poffédoit
Sur fon échine, et fouvent s'en fervoit.
Ainfi Pégafe, au haut des deux colines,
Portoit jadis neuf Pucelles Divines ;

Et

Et l'Hypogriphe à la Lune volant,
Portoit Astolphe au pays de Saint Jean.

Mon cher Lecteur veut connoître cet âne
Qui vint alors offrir sa croupe à Jeanne,
Il le saura, mais dans quelqu'autre chant :
Je l'avertis, cependant qu'il révère
Cet Ane heureux, qui n'est pas sans mystère.
Sur son Grison, Jeanne a déja monté,
Sur son rayon Denis est remonté :

Tous deux s'en vont vers les rives de Loire
Porter au Roi l'espoir de la Victoire.
L'âne, tantôt trotte d'un pied leger,
Tantôt s'élève et fend les champs de l'air.

Le Cordelier toujours plein de luxure,
Un peu remis de sa triste avanture,
Usant enfi n de ses droits de Sorcier,
Change en mulet le pauvre Muletier,
Monte dessus, chevauche, pique et jure
Qu'il suivra Jeanne au bout de la nature.
Le Muletier en son mulet caché,
Bât sur le dos, crut gagner au marché ;
Et du vilain, l'ame terrestre et crasse,
A peine vit qu'elle eut changé de place.

Jeanne et Denis s'en alloient donc vers Tours,
Chercher ce Roi plongé dans les amours.
Près d'Orleans, comme ensemble ils passèrent.
L'ost des Anglais de nuit ils traversèrent.
Ces fiers Bretons ayant bu tristement,
Cuvaient leur vin, dormoient profondement.
Tout était yvre, et goujeàts et vedettes.
On n'entendoit ni Tambours ni Trompettes ;
L'un dans sa tente étoit couché tout nud,
L'autre ronflait près d'un page étendu.

Alors

Alors Denis, d'une voix paternelle,
Tint ces propos tout bas à la pucelle;
" Fille de bien, tu fauras que Nifus.
" Etant un foir aux tentes de Turnus,
" Bien fécondé de fon cher Euriale,
" Rendit la nuit aux Rutulois fatale.
" Le même advint au quartier de Rhefus
" Quand la valeur du preux fils de Tidée,
" Par la nuit noire et par Uliffe aidée,
" Sut envoyer fans dangers, fans effort,
" Tant de Troyens du fommeil à la mort.
" Tu peux joüir de femblable victoire,
" Parle, dis-moi, veux-tu de cette gloire ?
" Jeanne luit dit;" je n'ai point lû l'hiftoire;
" Mais je ferois de courage bien bas,
" De tuer gens qui ne combattent pas.
    Difant ces mots elle avife une tente,
Que les rayons de la lune brillante
Faifoient paraitre à fes yeux éblouïs,
Tente d'un Ghef, ou d'un jeune Marquis:
Cent gros flacons remplis de vin exquis,
Sont tous auprès.   Jeanne avec affurance
D'un grand pâté prend les vaftes débris,
Et boit fix coups avec Monfieur Denis
A la fanté de fon bon Roi de France.
    La tente était celle de Jean Chandos,
Fameux guerrier qui dormoit fur le dos.
Jeanne faifit fa redoutable épée,
Et fa culotte en velours découpée.
Ainfi jadis, David aimé de Dieu
Ayant trouvé Saül en certain lieu,
Et lui pouvant ôter très-bien la vie
De fa chemife il lui coupa partie,

Pour

Pour faire voir à tous les Potentats
Ce qu'il pût faire, et ce qu'il ne fit pas.

    Près de Chandos était un jeune page
De quatorze ans, mais charmant pour son âge,
Lequel montroit deux globes faits au tour
Qu'on auroit pris pour ceux du tendre amour,
Non loin du Page étoit un écritoire
Dont se servoit le jeune homme après boire,
Quand tendrement quelques vers il faisoit,
Pour la beauté qui son cœur séduisoit.
Jeanne prend l'encre, et sa main lui dessine
Trois fleurs de lys, juste dessous l'échine.
Présage heureux du bonheur des Gaulois,
Et monument de l'amour de ses Rois.
Le bon Denis voyoit se pâmant d'aise,
Les fleurs de lys sur une fesse Angloise.
Qui fut penaut le lendemain matin ?
Ce fut Chandos, ayant cuvé son vin;
Car s'éveillant il vit sur ce beau Page
Les fleurs de lys : Plein d'une juste rage,
Il crie alerte, il croit qu'on le trahit,
A son épée il court auprés du lit ;
Il cherche en vain, l'épée est disparuë,
Point de culotte, il se frotte la vuë,
Il gronde, il crie, et pense fermement
Que le grand Diable est entré dans le camp.

    Ah! qu'un rayon de Soleil et qu'un âne,
Cet âne aîle qui sur son dos a Jeanne,
Du Monde entier feraient bientôt le tour.
Jeanne et Denis arrivent à la Cour.
Lebon Prélat sait par expérience
Qu'on est railleur à cette Cour de France.
Il se souvient des propos insolents
Que Richemont lui tint dans Orléans.

Et

Et ne veut plus à pareille avanture
D'un saint Evêque expofer la figure.

 Pour fon honneur il prit un nouveau tour
Il s'aflubla de la trifte encolure
Du bon Roger Seigneur de Baudricour.
Preux, Chevalier, et ferme Catholique
Hardi parleur, loyal et véridique,
Malgré cela pas trop mal à la Cour.
« Eh jour de Dieu, dit-il, parlant au Prince
« Vous languiffez au fonds d'une Province
« Efclave, Roi, par l'amour enchainé,
« Quoi votre bras indignement repofe !
« Ce front Royal ce front n'eft couronné,
« Que de tiffus, et de mirthe, et de rofe !
« Et vous laiffez vos cruels ennemis
« Rois dans la France et fur le Trone affis !
« Allez mourir ou faites la conquête
« De vos Etats ravis par ces mutins :
« Le Diadême eft fait pour vôtre tête
« Et les Lauriers n'attendent que vos mains.
« Dieu dont l'efprit allume mon courage,
« Dieu dont ma voix annonce le langage,
« De fa faveur eft prêt à vous couvrir.
« Ofez le croire, ofez vous fecourir,
« Suivez du moins cette augufte Amazone
« C'eft vôtre apui, c'eft le foutien du Trône,
« C'eft par fon bras que le Maître des Rois
« Veut rétablir nos Princes et nos Loix.
« Jeanne avec vous chaffera la famille,
« De cet Anglois fi terrible et fi fort,
« Devenez homme et fi c'eft vôtre fort,
« D'être à jamais mené par une fille,
« Fuyez au moins celle qui vous perdit
« Qui vôtre cœur dans fes bras amolit,

       « Et

" Et digne enfin de ce fécours étrange
" Suivez les pas de celle qui vous vange.
  L'amant d'Agnès eut toûjours dans le cœur
Avec l'amour un très-grand fond d'honneur.
Du vieux foldat le difcours patétique
A diffipé fon fommeil létargique
Ainfi qu'un Ange un jour du haut des airs
De fa trompette ébranlant l'univers
Rouvrant la tombe animant la pouffiére
Rapellera le morts à la lumiére :
Charle éveillé, Charle boüillant d'ardeur,
Ne lui répond qu'en s'écriant aux armes.
Les feuls combats à fes yeux ont des charmes,
Il prend fa pique, il brule de fureur.
  Bientôt après la premiére chaleur
De ces tranfports ou fon ame eft en proie,
Il voulut voir fi celle qu'on envoie
Vient de la part du Diable ou du Seigneur,
Ce qu'il doit croire, et fi ce grand prodige
Eft en effet un miracle ou preftige.
Donc fe tonrnant vers la fiére beauté,
Le Roi lui dit d'un ton de Majefté,
Qui confondroit toute autre fille qu'elle,
" Jeanne écoutés ; Jeanne, êtes-vous pucelle ?
" Jeanne lui dit ;" O grand Sire ordonnez
" Que médecins lunettes fur le nez,
" Matrones, Clercs, Pédants, Apoticaires
" Viennent fonder ces féminins miftères ;
" Et fi quelqu'un fe connait à celà,
" Qu'il trouffe Jeanne, et qu'il regarde-là.
A fa réponfe et fage et mefurée,
Le Roi vit bien qu'elle était infpirée.
  " Ah bien, dit-il, fi vous en favez tant,
" Filles de bien ; dites-moi dans l'inftant,

           " Ce

« Ce que j'ai fait cette nuit á ma belle ;
« Mais parlez net. *Rien du tout*, lui dit-ille.
Le Roi fupris foudain s'agenouilla,
Cria tout haut *miracle*, et fe figna.
Incontinent la cohorte fourée,
Bonnet en téte, Hippocrate à la main,
Vient pour tater le pertuis et le fein
De la guerriere entre leurs mains livrée :
On la met nuë, et Monfieur le Doyen
Ayant le tout confideré très-bien,
Deffus, deffous, expédie à la belle
En patchemin un brevet de pucelle ;
L'efprit tout fier de ce brevet facré,
Jeanne foudain d'un pas délibéré
Retourne au Roi devant lui s'agenouille,
Et déployant la fuperbe dépouille
Que fur l'Anglois elle à prife en paffant,
« Permets, dit-elle, ô mon Maître puiffant
« Que fous tes loix la main de ta Servante
« Ofe vanger la France gémiffante,
« Je remplirai tes oracles divins,
« J'ofe à tes yeux jurer par mon courage,
« Par cette-épée et par mon pucelage
« Que tu fera bientôr huilé dans Rheims.
« Tu chafferas les Angloifes cohortes
« Qui d'Orleans environnent les portes.
« Viens accomplir les auguftes deftins
« Viens et de Tours abandonnant la rive
« Dès ce moment fouffre que je te fuive.
Les Courtifans autour d'elle preffés,
Les yeux au Ciel et vers Jeanne addreffés,
Battent des mains, l'admirent, la fecondent.
Cent cris de joye à fon difcours répondent,
Dans cette foule il n'eft point de guerrier

Qui ne voulut lui fervir d'écuyer,
Porter fa lance, et lui donner fa vie;
Il n'en eft point qui ne foit poffedé
Et de la gloire et de la noble envie
De lui ravir ce qu'elle a tant gardé.
Prêt à partir chaque Officier s'empreffe.
L'un prend congé de fa vieille maîtreffe,
L'un fans argent va droit à l'ufurier,
L'autre à fon hôte, et compte fans payer.
Denis a fait déployer l'oriflamme.
   A cet afpect le Roi Charle s'enflamme
D'un noble efpoir à fa valeur égal,
Cet étendart aux ennemis fatal,
Cette Héroine, et cet Ane aux deux aîles
Tout lui promit des palmes immortelles.
   Denis voulut en partant de ces lieux,
Des deux Amants épargner les adieux,
On eût verfé des larmes trop améres
On eût perdu des heures toujours chères.
Agnês dormait, quoi qu'il fut un peu tard,
Elle étoit loin de craindre un tel départ.
Un fonge heureux dont les erreurs la frappent
Lui retraçoit des plaifirs qui s'échapent.
Elle croyoit tenir entre fes bras
Le cher Amant dont elle eft Souveraine;
Songe flatteur tu trompois fes apas.
Son Amant fuit, et Saint Denis l'entraîne.
Tel dans Paris un Médecin prudent
Force au régime un malade gourmand,
A l'appetit fe montre inéxorable,
Et fans pitié le fait fortir de table,

CHANT TROISIEME.

Description du Palais de la sottise. Combat vers Orléans. Agnès se revêt de l'armure pour aller trouver son Amant: elle est prise par les Anglois, et sa pudeur souffre beaucoup.

CE n'est le tout d'avoir un grand courage,
Un coup d'œil ferme au milieu des combats,
D'être tranquile à l'aspect du carnage,
Et de conduire un monde de soldats;
Car tout cela se voit en tout climats,
Et tour à tour ils ont cet avantage.
Qui me dira si nos ardens Français,
Dans ce grand art, l'art affreux de la guerre,
Sont plus savans que l'intrépide Anglais:
Si le Germain l'emporte sur l'Ibére.
Tous ont vaincu, tous ont étés défaits:
Le grand Condé fut battu par Turenne,
Le fier-Villars fut vaincu par Eugène;
De Stainslas le vertueux support
Ce Roi soldat, Don Quichotte du Nord!
Dont la valeur a paru plus qu'humaine,
N'a t'il pas vu dans le fonds de l'Ukraine
A Pultava tous ses lauriers flétris,
Par un rival objet de ses mépris!

Un

Un beau secret serait à mon avis
De bien savoir éblouïr le vulgaire,
De s'établir un Divin caractère,
D'en imposer aux yeux des ennemis :
Car les Romains à qui tout fut soumis
Domptaient l'Europe au milieu des miracles.
Le Ciel pour eux prodigua les oracles.
Jupiter, Mars, Pollux et tous les Dieux
Guidaient leur Aigle, et combattaient pour eux,
Ce grand Bacchus qui mit l'Asie en cendre,
L'antique Hercule et le fier Alexandre
Pour mieux régner sur les peuples conquis
De Jupiter ont passé pour les fils.
Et l'on voyait les Princes de la terre
A leurs genoux redouter le tonnerre.

    Denis suivit ces exemples fameux,
Il prétendit que Jeanne la pucelle
Chez les Anglais passât même pour telle
Et que Betfort, et Talbot, et Chandos
Et Tirconel, qui n'étaient pas des sots,
Crussent la chose, et qu'ils vissent dans Jeanne
Un bras divin fatal à tout profane.

    Il s'en va prendre un vieux Bénédictin,
Non tel que ceux dont le travail immense
Vient d'enrichir les Libraires de France !
Mais un Prieur engraissé d'ignorance,
Et n'ayant lu que son missel Latin.
Frére Lourdis fut le bon personage
Qui fut choisi pour ce nouveau voyage.

    Devers la lune où l'on tient que jadis
Etait placé des fous, le Paradis.
Vers les confins de cet abime immense
Où le cahos, et l'Erébe et la nuit
Avant les tems de l'univers produit

Ont

Ont exercé leur aveugle puissance.
Il est un vaste et caverneux séjour
Peu caressé des doux rayons du jour,
Et qui n'a rien qu'une lumiére affreuse
Faible, tremblante, incertaine et trompeuse.
Pour tout étoile on a des feux folets.
L'air est peuplé de petits farfadets.
De ce pays la Reine est la sottise.

    Ce viel enfant porte une barbe grise,
Oreille longue avec un chef pointu,
Bouche béante, œil louche, pied tortu.
De l'ignorance elle est, dit-on, la fille.
Près de son trône est sa sotte famille,
Le fol orgueil, l'opiniatreté,
Et la paresse et la crédulité.
Elle est servie, elle est flattée en Reine,
On la croirait en effet Souveraine.
Mais ce n'est rien qu'un fantôme impuissant
Un Chilperic, un vrai Roi fainéant.
La fourberie est son ministre avide
Tout est réglé par ce Maitre perfide ;
Et la sottise est son digne instrument.

    Sa Cour pléniére est à son gré fournie
De gens profonds en fait d'astrologie,
Surs de leur art, à tous momens déçús
Duppes, frippons, et partant toujours crus.
C'est-la qu'on voit les maîtres d'alchimie
Faisant de l'or, et n'ayant pas un sou,
Les roses-croix, et tout ce peuple fou
Argumentant sur la Théologie.

    Le gros Lourdis pour aller en ces lieux
Fut donc choisi parmi tous ses confréres.
Lorsque la nuit couvroit le front des Cieux
D'un tourbillon de vapeurs non légéres.

Enveloppé

Enveloppé dans le sein du repos,
Il fut conduit au paradis des sots.
Quand il y fut il ne s'étonna guères,
Tout lui plaisait, et même en arrivant
Il crut encor être dans son couvent.
Il vit d'abord la suite emblêmatique
Des beaux tableaux de ce séjour antique.

Caco-Démon qui ce grand temple orna
Sur la muraille à plaisir grifonna
Un long tableau de toutes nos sottises,
Traits d'étourdi, pas de clerc, balourdises
Projets mal faits, plus mal exécutés
Et tous les mois du mercure vantez.

Dans cet amas de merveilles confuses,
Parmi ces flots d'imposteurs et de buses,
On voit surtout un superbe Ecossais
Laws est son nom, nouveau Roi des Français!
D'un beau papier il porte un diadéme,
Et sur son front il est écrit *sistême*.
Environné de grands balots de vent,
Sa noble main les donne à tous venant ;
Prêtres, catins, guerriers, gens de justice
Lui vont porter leur or par avarice.

Ah quel spectacle ! Ah vous êtes donc la !
Tendre Escobar, suffisant Molina,
Petit Doucin dont la main pateline
Donne à baiser une bulle Divine
Que le Tellier lourdement fabriqua,
Dont Rome même en secret se moqua,
Et qui chez nous est la noble origine
De nos partis, de nos divisions,
Et qui pis est de volumes profonds
Remplis, dit-on, de poisons hérétiques,
Tous poisons froids, et tous soporifiques.

Les combattans nouveaux Bellérofons,
Dans cette nuit montés fur des chimères
Les yeux bandés cherchent leurs adverfaires ;
De long fiflets leur fervent de clairons,
Et dans leur docte et fainte frénéfie
Ils vont frappans à grands coups de veffie.
Ciel, que d'écrits! de difquifitions,
De mandements et d'explications !
Que l'on explique encor peur de s'entendre?
O Croniqueur des héros du Scamandre,
Toi qui jadis des grenouilles, des rats
Si doctement as chanté les combats,
Sors du tombeau, viens célébrer la guerre
Que pour la bulle on fera fur la terre.
Le Janfenifte efclave du deftin,
Enfant perdu de la grace efficace
Dans fes drapeaux porte un Saint Auguftin,
Et pour *plufieurs*, il marche avec audace.
Les ennemis s'avançent tout courbés
Deffus le dos de cent petits Abbés.
  Ceffez, ceffez, ô difcordes civiles ?
Tout va changer ; place, place imbéciles.
Un grand tombeau fans ornement fans art
Eft élevé non loin de Saint Médard.
L'efprit divin pour éclairer la France
Sous cette tombe enferme fa puiffance.
L'aveugle y court ; et d'un pas chancelant
Aux quinze-vingt retourne en tâtonnant.
Le boiteux vient clopinant fur fa tombe,
Crie *Hofanna*, faute, gigotte, et tombe.
Tout auffitôt de pauvres gens de bien
D'aife pâmés, vrais témoins de miracle
Du bon Pâris baifent le tabernacle.
Frére Lourdis fixant fes deux gros yeux

Voit ce saint œuvre, en rend graces aux Cieux ;
Joint les deux mains, et riant d'un sot rire
Ne comprend rien, et toute chose admire !
   Ah ! le voici ce savant tribunal
Moitié Prelats, et moitié monacal !
D'Inquisiteurs une troupe sacrée,
Est-là pour Dieu de Sbires entourée.
Ces saints Docteurs assis en jugement
Ont pour habit plumes en chathuant ;
Oreilles d'âne ornent leur tête auguste ;
Et pour peser le juste avec l'injuste,
Le vrai, le faux, balance est dans leurs mains.
Cette balance a deux larges bassins ;
L'un tout comblé contient ce qu'ils excroquent
Le bien, le sang des Pénitens qu'ils croquent
Dans l'autre sont bulles, brefs, *orémus,*
Beaux chapelets, scapulaires, agnus.
Aux pieds bénits de la docte assemblée
Voyez-vous pas le pauvre Galilée,
Qui tout contrit leur demande pardon ;
Bien condamné pour avoir eu raison ?
   Murs de Loudun, quel nouveau feu s'alume ?
C'est un Curé que le bucher consume ;
Douze faquins ont déclaré sorcier
Et fait griller Messire Urbain *Grandier.*
   Galigai, ma chere Maréchale,
Ah, qu'aux savants nôtre France est fatale !
Car, on te chaufe en feu brillant et clair,
Pour avoir fait pacte avec Lucifer.
Je vois plus loin cet arest autentique
Pour Aristote, et contre l'émétique.
   Venez, venez mon beau pére Girard,
Vous méritez un long article à part.
Vous voilà donc mon confesseur de fille

Tendre

Tendre dévot qui préchez à la grille.
Que dites-vous des pénitens apas
De ce tendron converti dans vos bras ?
J'eſtime fort cette douce avanture.
Tout eſt humain Girard en vôtre fait :
Ce n'eſt pas la pécher contre nature :
Que de dévots en ont encor plus fait !
Mais mon ami je ne m'attendais guere
De voir le Diable entrer en cette affaire.
Girard, Girard! tous tes accuſateurs,
Jacobin, carme, et faiſeurs d'Ecriture,
Juges, témoins, ennemis, protecteurs,
Aucun de vous n'eſt ſorcier, je vous jure.

Lourdis était auſſi de ce tableau ;
Mais à ſes yeux il n'en put rien paraitre.
Il ne vit rien ; le cas n'eſt pas nouveau.
Le plus habile a peine à ſe connaitre.

Quand vers la Lune ainſi l'on préparait
Contre l'Anglais cet innocent miſtère
Une autre ſcêne en ce moment s'ouvrait,
Chez les grands fous du monde Sublunaire.
Charle eſt déja parti pour Orléans,
Ses étendarts flottent au gré des vents.

A ſes cotés Jeanne le Caſque en tête
Déja de Rheims lui promet la conquête.
Voyez-vous pas ces jeunes Ecuyers,
Et cette fleur de Loyaux Chevaliers,
La lance au poing cette troupe environne
Avec reſpect notre Sainte Amazonne.
Ainſi l'on voit le ſexe maſculin
A Fontevraux ſervir le feminin
Le Sceptre eſt là dans les mains d'une femme ;
Et pére Anſelme eſt béni par Madame.

La belle Agnés en ces cruels momens
Ne voyant plus son amant qu'elle adore
Céde au chagrin dont l'excès la dévore:
Un froid mortel s'empare de ses sens.
L'ami Bonneau toujours plein d'induſtrie
En cent façons la rapelle à la vie.

Elle ouvre encor ses yeux, ces doux vainqueurs!
Mais ce n'eſt plus que pour verser des pleurs.
Puis sur Bonneau se penchant d'un air tendre:
" C'en eſt donc fait, dit-elle on me trahit.
" Ou va-t-il donc? que veut-il entrepréndre?
" Etait-ce là les serments qu'il me fit
" Lorſqu'a ſa flamme il me fit condeſcendre?
" Toute la nuit il faudra donc m'étendre
" Sans mon amant, ſeule au milieu d'un lit.
" Jeanne opoſée au bonheur de ma vie
" Non des Anglais, mais d'Agnès ennemie
" Va contre moy lui prévenir l'eſprit.
" Ciel! que je hais ces créatures fiéres,
" Soldats en juppe, hommaſſes Chevaliéres,
" Du Sexe mâle affectant la valeur,
" Sans poſſeder les agrémens du nôtre
" A tous les deux prétendant faire honneur
" Et qui ne ſont ny de l'un ni de l'autre.

Diſant ces mots elle pleure et rougit
Frémit de rage, et de douleur gemit
La jalouſie en ſes yeux étincéle.

Puis tout à coup d'une ruſe nouvelle
Le tendre amour lui fournit ce deſſein.
Vers Orleans elle prend ſon chemin:
De Dame Alix et de Bouneau ſuivie!
Agnés arrive en une hotelleire,
Ou dans l'inſtant laſſe de chevaucher
La fiére Jeanne avait été coucher.

F

Agnés

Agnes attend qu'en ce logis tout dorme;
Et cependent ſubtilement s'informe
Où couche Jeanne, où l'on met ſon harnois.
Puis dans la nuit ſe gliſſe en tapinois;
De Jean Chandos prend la culotte, et paſſe
Ses cuiſſes entre, et l'aiguillette lâçe;
De l'amazone elle prend la cuiràſſe.
Le dur acier forgé pour les combats,
Preſſe et meurtrit ſes membres délicats.
L'ami Bonneau la ſoutient ſous les bras.
 La belle Agnés dit alors à voix baſſe,
" Amour, amour, maitre de tous mes ſens,
" Donne la force à cette main tremblante,
" Fais moi porter cette armure peſante,
" Pour mieux toucher l'auteur de mes tourmens.
" Mon amant veut une fille guerriére,
" Tu fais d'Agnés un ſoldat pour lui plaire !
" Je le ſuivrai, qu'il permette aujourdhui
" Que ce ſoit moi qui combatte avec lui,
" Et ſi jamais la terrible tempête
" Des dards Anglais vient menacer ſa tête,
" Qu'il tombent tous ſur ces triſtes apas,
" Qu'il ſoit du moins ſauvé par mon trépas,
" Qu'il vive heureux, que je meure pâmée,
" Entre ſes bras, et que je meure aimée.
Tandis qu'ainſi cette belle parlait,
Et que Bonneau, ſes armes lui mettait,
Le Roi Charlot à trois milles était.
 La tendre Agnès prétend á l'heure même
Pendant la nuit aller voir ce qu'elle aime.
Ainſi vétuë et pliant ſous le poids,
N'en pouvant plus, maudiſſant ſon harnois,
Sur un cheval elle s'en va juchée,
Jambe meurtrie, et la feſſe écorchée.

Le gros Bonneau fur un normand monté
Va lourdement et ronfle à fon côté.
Le tendre amour qui craint tout pour la belle
La voit partir et foupire pour elle.

Agnés à peine avait gagné chemin,
Qu'elle entendit devers un bois voifin
Bruit de Chevaux, et grand cliquetis d'armes.
Le bruit redouble; et voici des gens d'armes;
Vêtus de Rouge, et pour comble de maux,
C'était les gens de Monfieur Jean Chandos.
L'un d'eux s'avance et demande. *qui vive?*

A ce grand cri nôtre amante naïve
Songeant au Roi, répondit fans détour,
Je fuis Agnès, vive France, et l'amour.
A ces deux noms que le Ciel équitable
Voulut unir du nœud le plus durable,
On prend Agnés et fon gros confident,
Ils font tous deux menés incontinent
A Jean Chandos, qui terrible en fa rage
Avait juré de venger fon outrage,
Et de punir les brigans ennemis
Qui fa culotte et fon fer avaient pris.

Dans ces momens ou la main bien faifante
Du doux fommeil laiffe nos yeux ouverts,
Quand les oifeaux reprennent leurs concerts,
Qu'on fent en foi fa vigueur renaiffante,
Que les défirs péres des voluptés
Sont par les fens dans notre ame excités,
Dans ces momens Chandos on te préfente
La belle Agnés, plus belle et plus brillante
Que le foleil au bord de l'Orient.
Que fentis-tu, Chandos en t'éveillant?
Lors que tu vis cette nymphe fi belle
A tes côtés, et tes grégues fur elle?

Chandos

Chandos preſſé d'un aiguillon bien vif
La regardait de ſon regard laſcif.
Agnès en tremble, et l'entend qu'il marmote
Entre ſes dents : *je t'aurai ma Culotte.*

A ſon chevet d'abord il la fait ſeoir :
" Quittez, dit-il, ma belle priſonniére,
" Quittez ce poids d'une armure étrangère.
Ainſi parlant plein d'ardeur et d'eſpoir
Il la décaſque, il vous la décuiraſſe :
La belle Agnès s'en deffend avec grace,
Elle rougit d'une aimable pudeur
Penſant a Charle, et ſoumiſe au vainqueur.

Le gros Bonneau que le Chandos deſtine
Au digne emploi de chef da ſa cuiſine,
Va dans l'inſtant mériter cet honneur.
Des boudins blancs, il étoit l'inventeur,
Et tu lui dois, ó Nation Francoiſe!
Patés d'anguille, et gigots à la braize.

" Monſieur Chandos, hélas que faites vous ?
" Diſait Agnès d'un-ton timide et doux.
" Par dieu, dit-il (tout Héros Anglais jure)
" Quelqu'un m'a fait une ſanglante injure.
" Cette Culotte eſt mienne, et je prendrai
" Ce qui fut mien où je le trouverai.
Parler ainſi, mettre Agnès toute nuë,
C'eſt même choſe ; et la belle éperduë
Tout en pleurant étoit entre ſes bras,
Et lui diſait, non je n'y conſens pas.

Dans l'inſtant même un horrible fracas
Se fait entendre ; on crie, alerte, aux armes,
Et la trompette organe du trépas
Sonne la charge, et porte les allarmes.
A ſon réveil Jeanne cherchant en vain
L'affublement du harnois maſculin,

Son bel.armet ombragé de l'aigrette
Et fon hautbert, et fa large braguette,
Sans raifonner faifit foudainement,
D'un Ecuyer le dur accoutrement,
Monte à cheval fur fon âne ; et s'écrie
" Venez venger l'honneur de la Patrie.
Cent Chevaliers s'empreffent fur fes pas.
Ils font fuivis de fix cent vingt foldats.

    Frère Lourdis en ce moment de crife
Du beau palais où régne la fottife
Eft defcendu chez les Anglais guerriers,
Environné d'atomes tout groffiers ;
Sur fon gros dos portant balouderies,
Oeuvres de Moine, et belles âneries.
Ainfi bâté fitôt qu'il arrivâ
Sur les Anglois fa robe il fécouâ
Son ample robe, et dans leur camp verfâ
Tous les tréfors de fa craffe ignorance,
Tréfors communs au bon pays de France.
Ainfi des nuits la noire Deité
Du haut d'un char d'ébéne marqueté
Répand fur nous les pavots et les fonges,
Et nous endort dans le fein des menfonges.

CHANT

CHANT QUATRIEME.

La Pucelle et Dunois combattent les Anglais. Ce qui leur arrive dans le chateau de Conculix.

SI j'étais Roi je voudrais être jufte,
Dans le repos maintenir mes fujets,
Et tous les jours de mon Empire augufte
Seraient marqués par de nouveaux bienfaits.
Que fi j'étais Controlleur des finances,
Je donnerais à quelques beaux efprits
Par-ci, par-là de bonnes ordonnances ;
Car après tout leur travail vaut fon prix.
Que fi j'étais Archevêque à Paris,
Je tacherais avec le Molinifte
D'aprivoifer le rude Janfénifte.
  Mais fi j'aimais une jeune beauté
Je ne voudrais m'éloigner d'auprès d'elle,
Et chaque jour une fête nouvelle
Chaffant l'ennui de l'uniformité,
Tiendrait fon cœur en mes fers arrêté :
Heureux Amans que l'abfence eft cruelle !
Que de dangers on effuye en amour !
On rifque hélas dès qu'on quitte fa belle
D'être cocu deux où trois fois par jour.
Le preux Chandos à peine avait la joye
De s'ébaudir fur fa nouvelle proye,
Quand tout-à-coup Jeanne de rang en rang

Porte la mort et fait couler le fang.
De Débora la redoutable lance
Perce Dildo fi fatal à la France,
Lui qui pilla les tréfors de Clervaux,
Et viola les fœurs de Fontevraux.
D'un coup nouveau les deux yeux elle créve
A Fonkinar digne d'aller en gréve.
Cet impudent né dans les durs climats
De l'hibernie au milieu des frimats,
Depuis trois ans faifait l'amour en France
Comme un enfant de Rome où de Florence.
Elle terraffe et Milord Halifax
Et fon coufin l'impertinent Borax,
Et Midarblou qui renia fon pére,
Et Bartonay qui fit cocu fon frére.
A fon exemple on ne voit Chevalier,
Il n'eft gendarme, il n'eft bon écuyer
Qui dix Anglais n'enfilé de fa lance.
La mort les fuit, la terreur les devance.
Ils croïaient voir en ce moment affreux.
Un DIEU puiffant qui combat avec eux.
    Parmi le bruit de l'horrible tempête
Frère Lourdis crioit à pleine tête ;
" Elle eft pucelle ; elle a fait des miracles,
" Contre fon bras vous n'avez point d'obftacles.
" Vite à genoux excrémens d'Albion,
" Demandez-lui fa bénédiction.
Certain Anglais écumant de colére
Incontinent fait empoigner le Frêre.
On vous le lie, et le Moine content
Sans s'émouvoir continuait criant :
" Je fuis Martir ; Anglais il me faut croire.
" Elle eft pucelle ; elle aura la victoire.
L'homme eft crédule, et dans fon faible cœur

Tout

Tout eſt reçu ; c'eſt une molle argile.
Mais que ſurtout il paroit bien facile
De nous ſurprendre et de nous faire peur !
　Du bon Lourdis le diſcours extatique
Fit plus d'effet ſur le cœur des ſoldats,
Que l'amazone et ſa troupe héroïque
N'en avaient fait par l'effort de leurs bras.
Ce vieil inſtinct qui fait croire aux prodiges,
L'eſprit d'erreur, le trouble, les vertiges,
La froide crainte et la confuſion
Sur les Anglais répandent leur poiſon.
Les cris perçants, et les clameurs qu'ils jettent,
Les hurlemens que les echos repetent
Et la trompette et le bruit des tambours
Font un vacarme à rendre les gens ſourds.
Le grand Chandos toujours plein d'aſſurance
Leur crie : enfans Conquérans de la France,
Marchez à droite : il dit, et dans l'inſtant
On tourne à gauche, et l'on fuit en jurant.
Ainſi jadis dans ces plaines fécondes
Qui de l'Euphrate environnent les ondes
Quand des humains l'orgueil capricieux
Voulut bâtir près des voutes des Cieux.
DIEU ne voulant d'un pareil voiſinage
En cent jargons tranſmua leur langage.
Sitôt qu'un d'eux à boite demandait
Plâtre où mortier d'abord on lui donnait ;
Et cette gent de qui DIEU ſe moquait,
Se ſépara laiſſant-là ſon ouvrage.
　L'on ſait bientôt aux remparts d'Orleans
Ce grand combat contre les aſſiégeans.
La renommée y vole à tire d'aile,
Et va prônant le nom de la *pucelle* :
Vous connoiſſez l'impétueuſe ardeur

De nos Français. Ces fous font pleins d'honneur,
Ainfi qu'au bal ils vont tous aux barailles.
Déja Dunois la gloire des bâtards,
Dunois qu'en Gréce on aurait pris pour Mars
Et la Trimouille, et la Hire, et Saintrailles
Et Richemont font fortis des murailles,
Croyant deja chaffer les ennemis,
Et criant tous ; où font-ils ; où font-ils ?

    Ils n'étaient pas bien loin ; car prés des portes
Sire Talbot, homme de très grand fens,
Pour s'oppofer à l'ardeur des nos gens
En embufcade avait mis dix cohortes.
Nos Chevaliers à peine ont fait cent pas,
Que ce Talbot leur tombe fur les bras ;
Mais nos Français ne s'étonnèrent pas.

    Champ d'Orleans, noble et petit théatre
De ce combat terrible, opiniatre,
Le fang humain dont vous fûtes converts
Vous engraiffa pour plus de cent hivers.
Jamais les champs de Zama, de Pharfale,
De Malplaquet la Campagne fatale
Célebres lieux couverts de tant de morts
N'ont vû tenter de plus hardis efforts.
Vous euffiez-vû les lances hériffées,
L'une fur l'autre en cent tronçons caffées,
Les Ecuyers, les chevaux renverfés
Deffus leurs pieds dans l'inftant redreffés,
Le feu jaillir des coups de cimeterre,
Et du foleil redoubler la lumière,
De tous côtés, voler tomber a bas
Epaules, nez, mentons, pieds, jambes, bras.
Du haut des Cieux les anges de la guerre,
Le fier Michel et l'exterminateur,
Et des Perfans le grand flagellateur

Avai-

Avaient les yeux attachés fur la terre
Et regardaient ce combat plein d'horreur.
   Michel alors prit la vafte balance
Où dans le Ciel on péfe les humains.
D'une main fure il pefa les Deftins
Et les Héros d'Angleterre et de France.
Nos Chevaliers pefés exactement
Légers de poids par malheur fe trouvérent :
Du vieux Talbot les deftins l'emportèrent :
C'était du Ciel un fecret jugement.
Le Richemont fe voit incontinent
Percê d'un trait de la hanche à la feffe.
Le vieux Saintraille au deffus du genou,
Le beau la Hire ; ah je n'ofe dire où ;
Mais que je plains fa gentille maîtreffe !
Dans un marais la Trimouille enfoncê
N'en put fortir qu'avec un bras caffé :
Donc à la ville il fallut qu'ils revinffent
Tout éclopés, et qu'au lit ils fe tinffent.
Voila comment ils furent bien punis,
Car ils s'étaient moqués de Saint Denis.
Comme il lui plait Dieu fait juftice où grace :
Quênel l'a dit ; nul ne peut en douter.
Or il lui plut le batard excepter
Des étourdis dont il punit l'audace.
Un chacun d'eux laidement ajufté
S'en retournait fur un brancard porté,
En maugréant et Jeanne et fa fortune.
Dunois n'ayant égratignûre aucune
Pouffe aux Anglais plus prompt que les éclairs.
Il fend leurs rangs ; fe fait jour à travers,
Paffe, et fe trouve aux lieux où la pucelle
Fait tout tomber, où tout fuir devant elle.
Quand deux torrens l'effroi des laboureurs

Précipités du sommet des montagnes
Mêlent leurs flots, assemblent leurs fureurs,
Ils vont noyer l'espoir de nos campagnes ;
Plus dangereux étaient Jeanne et Dunois,
Unis ensemble et frapants à la fois.
Dans leur ardeur si bien ils s'emportèrent,
Si rudement les Anglais ils chasserent.
Que de leurs gens bientot ils s'ecarterent.
La nuit survint ; Jeanne et l'autre Héros
N'entendant plus ni Français ni Chandos
Font tous deux alte en criant *vive France*.
    Au coin d'un bois où régnait le silence :
Au clair de Lune ils cherchent le chemin,
Ils viennent ; vont, tournent, le tout en vain ;
Enfin rendus ainsi que leur monture,
Mourans de fin et lassés de chercher ;
Ils maudissaient la fatale avanture
D'avoir vaincu sans savoir où coucher.
Tel un vaisseau sans voile, sans boussole
Tournoïe au gré de Neptune et d'Eole,
    Un certain chien qui passa tout auprès
Pour les sauver sembla venir exprès ;
Ce chien aproche, il jappe, il leur fait fête
Virant sa queue et portant haut sa tête:
Devant eux marche, et se tournant cent fois
Il paraissait leur dire en son patois ;
Venez par-là ; Messieurs, suivez-moi vite ;
Venez vous dis-je, et vous aurez bon gite.
Nos deux Héros entendirent fort bien
Par ces façons ce que voulait ce chien.
Ils suivent donc guidez par l'espérance,
En priant Dieu pour le bien de la France
Et se faisant tous deux de tems en tems
Sur leurs exploits de trés beaux compliments.

Du

Du coin lascif d'une vive prunelle
Dunois lorgnait malgré lui la pucelle,
Mais il savait qu'à son bijou caché
De tout l'Etat le sort est attaché,
Et qu'à jamais la France est ruinée
Si cette fleur se cueille avant l'année.
Il étouffait noblement ses desirs
Et préferait l'Etat à ses plaisirs.

Au point du jour aparut à leur vûe
Un beau Palais d'une vaste étendue.
De marbre blanc était bati le mur ;
Une dorique et longue colonade
Porte un balcon formé de jaspe pur ;
De porcelaine était la balustrade.
Nos paladins enchantés, éblouïs
Crurent entrer tout droit en Paradis.

Le chien aboye ; aussi-tôt vingt trompettes
Se font entendre, et quarante estafiers
A pourpoints d'or, à brillantes braguettes
Viennent s'offrir à nos deux Chevaliers.
Tres-galamant deux jeunes écuyers
Dans le Palais par la main les conduisent,
Dans des bains d'or filles les introduisent
Honnêtement ; puis lavés, essuyés
D'un déjeuner amplement festoyès
Dans de beaux lits brodés ils se coucherent
Et jusqu'au soir en Héros ils ronflèrent.

Il faut savoir que le Maître et Seigneur
De ce logis digne d'un Empereur,
Etait le fils de l'un de ces Génies
Des vastes Lieux habitants éternels,
De qui souvent les grandeurs infinies
S'humanisaient chez les faibles mortels.
Or cet esprit mélant sa chair divine

Avec

Avec la chair d'une bénédictine,
En avait eu le Seigneur Conculix,
Grand Négromant et le très digne fils
De cet incube et de la mére Alix.
    Le jour qu'il eut quatorze ans accomplis,
Son géniteur descendant de sa sphére
Lui dit, mon fils tu me dois la lumiére;
Je viens te voir, tu peux former des vœux;
Souhaite, parle, & je te rends heureux.
Le Conculix né très volupteux
Et digne en tout de sa noble origine,
Dit; je me sens de race bien divine
Car, je rassemble en moi tous les désirs;
Et je voudrais avoir tous les plaisirs.
De voluptez rassasiez mon ame
Je veux aimer comme homme & comme femme,
Etre la nuit du sexe feminin,
Et tout le jour du sexe masculin.
L'incube dit: tel sera ton destin;
Et dès ce jour la ribaude figure
Jouit des droits de sa double nature.
Mais Conculix avait oublié net,
De demandar un don plus nécessaire,
Un don sans quoi nul plaisir n'est parfait;
Un don charmant, eh quoi? celui de plaire.
Dieu pour punir ce génie effréné
Le rendit laid comme un Diable encorné;
Et l'impudique avait dessous le linge
Odeur d'un bouc & poil gris d'un vieux singe.
Pour comble enfin de lui-même charmé,
Il se croyait tout fait pour être aimé.
De tous côtés on lui cherchait des belles
Des bacheliers, des pages, des pucelles,
Et si quelq'un à ce monstre lascif

N'ac-

N'accordait pas le plaifir malhonnête,
Bouchait fon nez où détournait la tête,
Il était fur d'etre empalé tout vif.
Le foir venu Conculix étant femme,
Un farfadet de la part de Madame
S'en vint prier Monfeigneur le batard,
De vouloir bien defcendre fur le tard
Dans l'entrefol, tandis qu'en compagnie ;
Jeanne foupait avec cérémonie.
Le beau Dunois tout parfumé defcend
Chez Conculix, un foupé fin l'attend:
Madame avait prodigué la parure,
Le Diamans furchargeaient fa coeffure ;
Un gros cou jaune & fes deux bras quarrez,
Sont de rubis, de perles entourez,
Elle en était encor plus éffroïable.
    Elle le preffe au fortir de la table
Dunois trembla pour la première fois !
Des Chevaliers c'était le plus courtois.
Il eut voulu de quelque politeffe,
Payer au moins les foins de fon hôteffe.
Et du tendron contemplant la laideur ;
Il fe difait ; j'en aurai plus d'honneur.
Il n'en eut point : le plus brillant courage
Peut quelque fois effuyer cet outrage.
    Lors Conculix qui le crut impuiffant
Chaffa du lit le guerrier languiffant,
Et prononça la fentente fatale ;
Criant aux fiens, *fergents, qu'on me l'empale.*
Le beau Dunois vit faire incontinent
Tous les aprêts de ce grand chatiment,
Ce fier guerrier, l'honneur de fa Patrie
S'en va périr au printems de fa vie.
Dedans la Cour il eft conduit tout nû

Pour être affis fur un baton pointu.
Déja du jour la belle avant-couriére
De l'Orient entrou, vrait la barriére.
Or vous favez que cet inftant préfix
Changeait Madame en Monfieur Conculix.
Alors brûlant d'une flamme nouvelle
Il s'en va droit au lit de la pucelle,
Les rideaux tire, et lui fourant au fein
Les dogits velus d'une gluante main,
Il a déja l'héroine infectée,
D'un gros baifer de fa bouche empeftée :
Plus il s'agite, et plus il devient laid.
Jeanne qu'anime une chrêtienne rage
D'un bras nerveux lui détache un fouflet
A poing fermé fur fon vilain vifage.
Le magot tombe et roule en bas du lit,
Les yeux pochés, et le nez tout meutrit,
Il crie, il heurle ; une troupe profane
Vient à-fon aide ; on vous empoigne Jeanne :
On va punir fa fiére cruauté
Par l'inftrument chez le Turcs ufité.
De fa chemife auffi-tôt dépouillée
De coups de fouet en paffant flagellée
Elle eft livrée aux cruels empâleurs.
　　Le beau Dunois foumis à leurs fureurs
N'attendant plus que fon heure derniére,
Faifait à DIEU fa dévote priére.
Mais une œuillade impérieufe et fiére,
De tems en tems étonnait les boureaux !
Et fes regards difaient, *c'eft un Héros.*
Mais quand Dunois eut vû fon Héroine
Des fleurs de lys vangereffe divine!
Prête á fubir cette éffroyable mort ;
Il déplora l'inconftance du fort :

De la pucelle il contempla les charmes
Et regardant les funeftes aprêts
De ce trépas, il répandit dés larmes,
Que pour lui-même il ne vêrſa jamais.

Non moins ſuperbe et non moins charitable
Jeanne aux frayeurs toujours impénétrable
Languiſſamment le beau batard lorgnait,
Et pour lui ſeul ſon grand cœur gémiſſait.
Leur nudité, leur beauté, leur jeuneſſe
Dans leur pitié mêlaient trop de tendreſſe.
Leurs feux ſecrets par un deſtin nouveau
Ne s'échapaient qu'au bord de leur tombeau :
Et cependant l'animal amphibie
A ſon dèpit joignant la jalouſie
Faiſait aux ſiens l'effroyable ſignal
Qu'on embrochat le couple déloyal.

Dans ce moment une voix de tonnerre
Qui fit trembler et les airs et la terre,
Crie, *arrétez, gardez-vous d'empâler.*
N'empalez pas. Ces mots font reculer
Les fiers licteurs. On regarde, on aviſe
Sous le portail un grand-homme d'Egliſe,
Coëffé d'un froc, les reins ceints d'un cordon.

On reconnut le Pére Griſbourdon.
Ainſi qu'un chien dans la forêt voiſine
Ayant ſenti d'une adroite narine
Le doux fumet, et tous ces petits corps ;
Sortant au loin de quelque cerf dix-cors ;
Il le pourſuit d'une courſe légére,
Et ſans le voir par l'odorat mené
Franchit foſſés, ſe gliſſe en la bruyére
Et d'autres cerfs il n'eſt point détourné :
L'indigne fils de Saint Francois d'Aſſiſſe
Porté toûjours ſur ſon lourd muletier

De la pucelle a fuivi le fentier,
Courant fans ceffe et ne lâchant point prife.
En arrivant il criâ Conculix,
     " Au nom du diable et par les eaux du Stix,
     " Par le Demon qui fut ton digne pére ;
     " Sauve le jour à l'objet de mes vœux.
     " Regarde moi ; je viens payer pour deux.
     " Si ce guerrier et fi cette pucelle
     " N'ont pû remplir avec toi leur devoir,
     " Je tiendrai lieu de ce couple rebelle.
     " D'un Cordelier éprouve le pouvoir.
     " Tu vois de plus cet animal infigne
     " Ce mien mulet de me porter fi digne.
     " Je t'en fais don, c'eft pour toi qu'il eft fait ;
     " Et tu diras, tel moine, tel mulet,
     " Laiffons aller ce gendarme profane.
     " Qu'on le délie, et qu'on nous laiffe Jeanne,
     " Nous demandons tous deux pour digne prix
     " Cette beauté dont nos cœurs font épris.
     On vous dira qu'il n'eft point de femelle
Tant pudibonde, et tant vierge fut-elle,
Qui n'eut été fort aife en pareil cas ;
Mais la pucelle aimait mieux le trépas :
Et ce fecours infernal et lubrique
Semblait horrible à fon ame pudique.
Elle pleurait, elle implorait les Cieux ;
Et rougiffant de fe voir ainfi nuë,
De tems en tems fermant fes triftes yeux
Ne voyant point, penfait n'être point vuë.
     Le beau Dunois étoit défefperé.
     " Quoi difait-il, ce pendart décloitré
     " Aura ma Jeanne et perdra ma Patrie !
     " Tout va ceder à ce forcier impie,

" Tan-

" Tandis que moi difcret jufqu'a ce jour
" Modeftement je cachais mon amour.
 Pour Conculix le difcours énergique
Du Cordelier, fit fur lui grand effet.
Il accepta le marché féraphique,
" Ce foir, dit-il, vous et vôtre mulet
" Tenez-vous prets. Cependant je pardonne
" A ces Français et vous les abandonne.
 Le Moine alors d'un air d'autorité
Frapâ trois coups fur l'animal bâté,
Puis fit un cercle, et prit de la poufliére
Que fur la bête il jetta par derriére,
En lui difant, ces mots toujours puiffants
Que Zoroaftre enfeignait aux Perfans.
 A ces grands mots dits en langue du Diable,
(O grand pouvoir, ô merveille ineffable !)
Nôtre mulet fur deux pieds fe dreffa
Sa tête oblongue en ronde fe changea,
Ses longs crins noirs petits cheveux devinrent,
Sous fon bonnet fes oreilles fe tinrent.
Ainfi jadis ce fublime Empereur
Dont DIEU punit le cœur dur et fuperbe,
Sept ans cheval et fept ans nourri d'herbe,
Redevint homme; et n'en fut pas meilleur.
 Du ceintre bleu de la célefte fphére
Denis voyait avec des yeux de pére
De Jeanne d'Arc le trifte et piteux cas;
Il eut voulu s'élancer ici bas;
Mais il était lui-même en embarras.
 Denis s'était attiré fur les bras
Par fon voyage une facheufe affaire.
Saint George était le Patron d'Angleterre;
Il fe plaignit que Monfieur Saint Denis
Sans aucun ordre et fans aucun avis

A

A ſes Bretons eut fait ainſi la guerre.
George et Denis de propos en propos
Piquez au vif en vinrent aux gros mots.
Lés Saints Anglais ont dans leur carâctèro
Je ne ſçais quoi de fiér et d'inſulaire.

Mais il eſt tems lecteur de m'arrêter.
Il faut fournir une longue carrière.
J'ai peu d'haleine, et je dois vous conter
L'événement de cette grande affaire;
Dire comment ce nœud ſe débrouilla,
Ce que fit Jeanne; et ce qui ſe paſſa
Dans les Enfers, au Ciel, et ſur la terre.

CHANT

CHANT CINQUIEME.

Le Cordelier Grisbourdon qui avait voulu
violer Jeanne, est en Enfer. Il ra-
conte son avanture aux Diable.

O Mes amis, vivons en bons Chrêtiens
C'est le parti, croyez moi qu'il faut prendre.
A son devoir il faut enfin se rendre.
Dans mon printems j'ai hanté des vauriens ;
A leurs defirs ils se livraient en proye ;
Souvent au bal, jamais dans le Saint Lieu,
Soupant, couchant chez des filles de joye,
Et se moquant des serviteurs de Dieu.
Qu'arrive-t-il ? La mort, la mort fatale
Au nez camart, à la tranchante faulx
Vient visiter nos diseurs de bons mots :
La fiévre ardente, à la marche inégale,
Fille du Stix, huissiére d'Atropos,
Porte le trouble en leurs petits cerveaux :
A leur chevet une garde, un notaire,
Viennent leur dire : allons il faut partir ;
Où voulez-vous, Monsieur, qu'on vous enterre ?
Lors un tardif et faible repentir
Sort a regret de leur mourante bouche.
L'un à son aide appelle Saint Martin,
L'autre Saint Roch, l'autre Sainte mitouche.
On Psalmodie, on braille du latin,
On les asperge ; hélas, le tout en vain.

Aux

Aux pied du lit se tapit le lutin,
Ouvrant la griffe, et lorsque l'ame échape
Du corps chétif, au passage il la hape,
Puis vous la porte au fin fond des Enfers,
Digne séjour de ces esprits pervers.

Mon cher Lecteur, il est tems de te dire
Qu'un jour Satan Seigneur du sombre empire
A ses vassaux donnait un grand régal.
Il était fête au manoir infernal :
On avait fait une énorme recrue,
Et les demons buvaient le bien venue
D'un certain Pape et d'un gros Cardinal,
D'un Roi du Nord, de quatorze chanoines,
De deux Curés, et de quarante moines,
Tous frais venus du séjour des mortels,
Et dévolus aux brasiers éternels.
Le Roi cornu de la canaille noire
Se déridait entouré de ses Pairs.
On s'enivrait du nectar des Enfers,
On frédonnait quelques chansons à boire,
Lorsqu'a la porte il s'élève un grand bruit :
Ah, bon jour donc, vous voilà, vous voici,
C'est lui, Messieurs, c'est le grand émissaire,
C'est Grisbourdon notre féal ami.
Entrez, entrez, et chauffez vous ici ;
Et bras dessus et bras dessous, beau pére,
Beau Grisbourdon, Docteur de Lucifer,
Fils de Satan, Apôtre de l'Enfer.
On vous l'embrasse, on le baise, on le serre ;
On vous le porte en moins d'un tour de main
Toujours baisé vers le lieu du festin.
Satan se leve, et lui dit : fils du Diable,
O des frapards ornement véritable !
Certes sitôt je n'esperais te voir.

Chez les humains tu m'étais néceffaire,
Qui mieux que toi peuplait notre manoir ?
Par toi la France était mon féminaire.
En te voyant je perds tout mon efpoir.
Mais du deftin la volonté foit faite,
Bois avec nous, et prends place à ma droite.
   Le cordelier plein d'une fainte horreur
Baife à genoux l'Ergot de fon Seigneur ;
Puis d'un air morne il jette au loin la vüe
Sur cette vafte et brulante étendue,
Séjour de feu qu'habitent pour jamais
L'affreufe mort, les tourments, les forfaits :
Trône éternel où fied l'efprit immonde,
Abîme immenfe où s'engloutit le monde ;
Sépulcre où git la docte antiquité,
Efprit, amour, favoir, grace, beauté,
Et cette foule immortelle, innombrable,
D'enfans du Ciel créés tous pour le Diable.
Tu fais, lecteur, qu'en ces feux dévorans.
Les meilleurs Rois font avec les tyrans.
Nous y plaçons Antonin, Marc-Aurèle,
Ce bon Trajan des Princes le modèle ;
Ce doux Titus l'amour de l'Univers,
Les deux Catons ces fléaux des pervers,
Ce Scipion maître de fon courage,
Lui qui vainquit et l'amour et carthage,
Vous y grillez fage et docte Platon,
Divin Homêre, éloquent Ciceron,
Et vous Socrate enfant de la fageffe,
Martir de DIEU dans la profane Gréce,
Jufte Ariftide, et vertueux Solon,
Tous malheureux morts fans confeffion,
   Mais ce qui plus étonna Grifbourdon,
Ce fut de voir en la chaudiére grande

Cer-

Certains quidams Saints ou Rois, dont le nom
Ornent l'histoire et parent la Legende.
Un des premiers était le Roi Clovis.
Je vois d'abord mon lecteur qui s'étonne,
Qu'un si grand Roi qui tout son peuple a mis
Dans le chemin du Benoit paradis,
N'ait pu jouir du salut qu'il nous donne.
Ah, qui croirait qu'un premier Roi Chrêtien
Fût en effet damné comme un Payen ?
Mais mon lecteur se souviendra très-bien.
Qu'être lavé de cette eau salutaire
Ne suffit pas, quand le cœur est gâté.
Or ce Clovis dans le crime empâté
Portait un cœur inhumain, sanguinàire.
Et Saint Remi ne put laver jamais
Ce Roi des Francs gangrené de forfaits.
Parmi ces grands, ces Souverains du Monde
Ensevelis dans cette nuit profonde,
On discernait le fameux Constantin.
Est-il bien vrai criait avec surprise
Le moine gris ! ô rigueur ! ô destin !
Quoi, ce Héros fondateur de l'Eglise,
Qui de la terre à chassé les faux Dieux,
Est descendu dans l'Enfer avec eux ?
Lors Constantin dit ces tristes paroles :
" J'ai renversé le culte des idoles,
" Sur les débris de leurs Temples fumans
" Au DIEU du Ciel j'ai prodigué l'encens,
" Mais tous mes soins pour sa grandeur suprême,
" N'eurent jamais d'autre objet que moi-même.
" Les Saints autels n'étaient à mes regards
" Qu'un marche-pié du Trône des Césars.
" L'ambition, les fureurs, les délices
" Etaient mes Dieux, avaient mes sacrifices.

" L'or

« L'or des Chrêtiens, léurs intrigues, leur sang
« Ont cimenté ma fortune, et mon rang.
« Pour conserver cette grandeur si chére.
« J'ai massacré mon malheureux beau-pére.
« Dans les plaisirs, et dans le sang plongé,
« Faible et barbare en ma fureur jalouse,
« Yvre d'amour, et de soupçons rongé,
« Je fis périr mon fils, et mon épouse.
« O Grisbourdon ne sois plus étonné,
« Si comme toi Constantin est damné.
   Le Révérend de plus en plus admire
Tous les secrets du ténébreux Empire.
Il voit par tout de grands Prédicateurs,
Riches Prélats, Casuistes, Docteurs,
Moines d'Espagne, et nonains d'Italie ;
De tous les Rois il voit les Confesseurs.
De nos beautés il voit les Directeurs.
Le Paradis ils ont eu dans leur vie.
Ils aperçut dans le fonds d'un dortoir
Certain frocard moitié blanc, moitié noir,
Portant criniére en étoile arondie.
Au fier aspect de cet animal pie
Le cordelier riant d'un ris malin
Se dit tout bas, cet homme est Jacobin.
Quel est ton nom lui cria-t-il soudain ?
L'ombre répond d'un ton mélancolique ;
Hélas, mon fils, je suis Saint Dominique.
A ce discours, à cet auguste nom
Vous eussiez vu reculer Grisbourdon ;
Il se signait, il ne pouvait le croire.
Comment, dit-il, dans la caverne noire
Un si grand Saint, un Apôtre, un Docteur !
Vous de la foi le sacré promoteur,
Homme de Dieu, prêcheur évangelique,

Vous dans l'Enfer ainſi qu'un hérétique !
Certes ici la grace eſt en défaut,
Pauvres humains qu'on eſt trompé là haut !
Et puis allez dans vos cérémonies
De tous les Saints chanter les litanies.
Lors repartit avec un ton dolent
Nôtre Eſpagnol au manteau noir et blanc :
Ne ſongeons plus aux vains diſcours des hommes ;
De leurs erreurs qu'importe le fracas ?
Infortunés, tourmentés ou nous ſommes,
Loués, fêtés ou nous ne ſommes pas !
Tel ſur la terre à plus d'une chapelle
Qui dans l'Enfer eſt cuit bien triſtement ;
Et tel au monde on damne impunément
Qui dans les Cieux à la vie éternelle.
Pour moi je ſuis dans la noire ſéquelle,
Très-juſtément pour avoir autrefois
Perſécuté les Pauvres Albigeois.
Je n'étais pas envoyé pour détruire
Et je ſuis cuit pour les avoir fait cuire.
Non, que je ſois condamné ſans retour ;
J'éſpère encor me trouver quelque jour
Avec les Saints au ſéjour de la gloire ;
Mais en ces lieux je fais mon purgatoire.
Oh ! quand j'aurais une langue de fer
Toujours parlant, je ne pourais ſuffire,
Mon cher lecteur, à te nombrer et dire,
Combien de Saints on recontre en Enfer.

  Quand des damnés la cohorte rotie
Eut aſſez fait au fils de Saint François
Tous les honneurs de leur triſte patrie,
Chacun cria d'une commune voix,
Cher Griſbourdon, conte-nous, conte, conte

J

Qui t'a conduit vers une fin ſi prompte,
Conte-nous donc par quel étonnant cas
Ton ame dure eſt tombée ici bas.
Meſſieurs, dit-il, je ne m'en défends pas,
Je vous dirai mon étrange avanture,
Elle poura vous étonner d'abord,
Mais il ne faut me taxer d'impoſture
On ne ment plus ſitôt que l'on eſt mort.

J'étais là haut, comme on fait, vôtre Apôtre,
Et pour l'honneur du froc et pour le vôtre ;
Je concluais l'exploit le plus galant
Que jamais moine ait fait hors du couvent.
Mon muletier, ah l'animal inſigne !
Ah ! le grand homme ! ah quel rival condigne !
Mon muletier ferme dans ſon devoir
De Conculix avait paſſé l'eſpoir.
J'avais auſſi pour ce monſtre femelle
Sans vanité prodigué tout mon zele ;
Le Conculix ravi d'un tel effort
Nous laiſſait Jeanne en vertu de l'accord.
Jeanne la forte, et Jeanne la rebelle
Perdait bientôt ce grand nom de pucelle,
Entre mes bras elle ſe débattait.
Le muletier par deſſous la tenait,
Et Conculix de bon cœur ricanait,
Mais croyez-vous ce que je vais vous dire ?
L'air s'entrou'vrit, et du haut de l'empire
Qu'on nomme Ciel, lieux ou ni vous ni moi
N'irons jamais, et vous ſavez pourquoi.
Je vis deſcendre, ò fatale merveille !
Cet animal qui porte longue oreille,
Et qui jadis à Balaam parla,
Quand Balaam ſur la montagne alla.

Quel

Quel terrible âne ! il portait une felle
D'un beau velours, et fur l'arcon d'icelle
Était un fabre à deux larges tranchants :
De chaque épaule il lui fortait une aile
Dont il volait, et dévancait les vents.
A haute voix alors s'écria Jeanne,
DIEU foit loué, voici venir mon âne.
A ce difcours je fus tranfi défroi :
L'âne à l'inftant fes quatre genoux plie,
Leve la queue et fa tête polie,
Comme difant a Dunois monte-moi.
Dunois le monte, et l'animal s'envole
Sur notre tête et paffe, et caracolle.
Dunois planant le cimiterre en main
Sur moi chétif fondit d'un vol foudain.
Mon cher Satan, mon Seigneur Souverain,
Ainfi, dit-on, lorfque tu fis la guerre
Imprudemment au Maître du tonnerre
Tu vis fur toi s'élancer Saint Michel,
Vangeur fatal des injures du Ciel.
    Réduit alors à défendre ma vie,
J'eus mon recours à la forcellerie,
Je dépouillai d'un nerveux Cordelier
Le fourcil noir et le vifage altier.
Je pris la mine et la forme charmante
D'une beauté douce, fraiche, innocente ;
De blonds cheveux fe jouaient fur mon fein,
De gaze fine une étoffe brillante
Fit entrevoir une gorge naiffante.
J'avais tout l'art du fexe feminin,
Je compofais mes yeux et mon vifage,
On y voyait cette naïveté
Qui toujours trompe et qui toujours engage,

I 2

Sous ce vernis un air de volupté
Eut des humains rendu fou le plus sage.
J'eusse amolli le cœur le plus sauvage ;
Car j'avais tout, artifice et beauté !
Mon paladin en parut enchanté.
J'allais périr, ce héros invincible
Avait levé son braquemart terrible ;
Son bras était à demi descendu,
Et Grisbourdon se croyait pourfendu.

Dunois regarde, il s'emeut, il s'arrete.
Qui de Méduse eût vu jadis la tête,
Etait en roc mué soudainement :
Le beau Dunois changea bien autrement.
Il avait l'âme avec les yeux frappée ;
Je vis tomber sa redoutable épée.
Beaucoup d'amour et beaucoup de respect.
Qui n'aurait cru que j'eusse eu la victoire ?
Mais voici bien le pis de mon histoire.

Le muletier qui pressait dans ses bras
De Jeanne d'Arc les robustes apas,
En me voyant si gentille et si belle,
Brula soudain d'une flamme nouvelle.
Helas mon cœur ne le soupçonnait pas,
De convoiter des charmes délicats.
Un cœur grossier connaître l'inconstance ?
Il lâcha prise, et j'eus la préférence.
Il quitte Jeanne, ah funeste beauté !
A peine Jeanne est elle en liberté,
Qu'elle apercut le brillant cimeterre
Qu'avait Dunois laisse tomber par terre.
Du fer tranchant sa dextre se saisit
Et dans l'instant que le rustre infidèle
Quittait pour moi la superbe pucelle,

Par

Par le Chignon Jeanne d'Arc m'abattit,
Et d'un revers la nuque me fendit.
Depuis ce tems je n'ai nulle nouvelle,
Du muletier, de Jeanne la cruelle
De Conculix, de l'ane, de Dunois.
Puiſſent ils tous être empalés cent fois :
Et que le Ciel qui confond les coupables,
Pour mon plaiſir les donne à tous les Diables.
Ainſi parlait le moine avec aigreur,
Et tout l'Enfer en rit d'aſſez bon cœur.

CHANT

CHANT SIXIEME.

Avanture d'Agnès et de Monrose. Temple de la Renommée. Avanture de Doro- thèe.

Quittons l'Enfer, quittons ce gouffre immonde.
Où Grisbourdon brule avec Lucifer :
Dressons mon vol aux campagnes de l'air ;
Et revoyons ce qui se passe au Monde.
Ce Monde hélas est bien un autre Enfer :
Je vois partout l'innocence proscrite,
L'homme de bien flétri par l'hypocrite,
L'esprit, le gout, les beaux arts éperdus,
Sont envolés ainsi que les vertus.
Une rempante et lache politique
Tient lieu de tout, est le mérite unique,
Le zèle affreux des dangereux Dévots
Contre le sage arme la main des sots ;
Et l'intérêt ce vil Roi de la terre,
Pour qui l'on fait et la paix et la guerre,
Triste et pensif auprès d'un coffre fort,
Vend le plus faible aux crimes du plus fort
Chetifs mortels insensez et coupables,
De tant d'horreurs à quoi bon vous noircir !
Ah malheureux qui péchés sans plaisir,
Dans vos erreurs soyez plus raisonnables ;
Soyez au moins des pécheurs fortunez ;

Et

Et puisqu'il faut que vous soyez damnez ;
Damnez vous donc pour des fautes aimables.
    Agnès Sorel sut en user ainsi.
On ne lui peut reprocher en sa vie
Que les douceurs d'une tendre folie.
Je lui pardonne et je pense qu'aussi
Dieu tout Clément aura pris pitié d'elle.
En Paradis tout Saint n'est pas pucelle.
Chacun se fit comme il put son bonheur,
Quand Jeanne d'Arc deffendait son honneur,
Et que du fil de la céleste épée
De Grisbourdon la tête fut tranchée ;
Nôtre Ane ailé qui dessus son harnois
Portait en l'air le Chevalier Dunois,
Conçut alors le caprice profâne
De l'éloigner et de l'oter à Jeanne.
Quelle raison en avait-il ? l'amour.
Le tendre amour et la naissante envie
Dont en secret son ame était saisie.
L'ami Lecteur aprendra quelque jour
Quel trait de flamme et quelle idée hardie
Pressait déja ce Heros d'Arcadie.
Il prend son vol et Dunois stupéfait
A tire-d'aile est parti comme un trait.
Il regardait de loin son Héroïne
Qui toute nuë et le fer à la main,
Le cœur ému d'une fureur divine
Rouge de sang se frayait un chemin.
Le Conculix veut l'arrêter en vain ;
Ses fardadets, son peuple Aërien,
En cent façons volent sur son passage.
Jeanne s'en mocque et passe avec courage.
Lors qu'en un bois quelque jeune imprudent

Voit

Voit une ruche ; et s'aprochant admire
L'Art étonnant de ce Palais de cire ;
De toutes parts un essain bourdonnant
Sur mon badaut s'en vient fondre avec rage,
Un peuple ailé lui couvre le visage :
L'homme piqué court à tort à travers,
De ses deux mains il frape, il se démêne,
Dissipe, tuë, écrase par centaine
Cette canaille habitante des airs.
C'etait ainsi que la pucelle fiére
Chassait au loin cette foule legére.
    A ses genoux le chetif muletier
Craignant pour soi le sort du Cordelier,
Tremble et s'écrie, *ô pucelle ! ô ma mie !*
Dans l'écurie autrefois tant servie,
Quelle furie ! épargne au moins ma vie
Que les honneurs ne changent point les mœurs :
Tu vois mes pleurs, ah Jeanne je me meurs,
Jeanne répond, faquin je te fais grace,
Dans ton vil sang de fange tout chargé
Ce fer Divin ne sera point plongé.
Vegête encor, et que ta lourde masse
Ait à l'instant l'honneur de me porter ;
Je ne te puis en mulet translater ;
Mais ne m'inporte ici de la figure,
Homme ou mulet tu seras ma monture.
Dunois m'a pris l'âne qui fut pour moi,
Et je prétends le retrouver en toi ;
Ca qu'on se courbe, elle dit, et la bête
Baisse à l'instant sa chauve et lourde tête,
Marche des mains, et Jeanne sur son dos
Va dans les champs affronter les Héros.
Pour Conculix honteux plein de colère,

Il s'en alla murmurer chez son Pére.
Mais que devint la belle Agnès Sorel ?
   Vous souvient-il de son trouble cruel ?
Comme elle fut interdite, éperduë,
Quand Jean Chandos l'embraffait toute nuë.
Ce Jean Chandos s'élança de ses bras,
Très brusquement et courut aux combats.
La belle Agnès crut sortir d'embarras :
De son danger encor toute surprise
Elle jurait de n'être jamais prise
A l'avenir en un semblable cas.
Au bon Roi Charle elle jurait tout bas
D'aimer toujours ce Roi qui n'aime qu'elle ;
De respecter ce tendre et doux lien,
Et de mourir plutot qu'être infidèle.
Mais il ne faut jamais jurer de rien.
   Dans ce fracas, dans ce trouble effroiable
D'un camp surpris tumulte inféparable.
Quand chacun court, Officier et soldat,
Que l'un s'enfuit, et que l'autre combat,
Que les valets fripons suivant l'armée,
Pillent le camp de peur des ennemis :
Parmi les cris la poudre et la fumée,
La belle Agnès se voyant sans habits
Du grand Chandos entre en la garderobe ;
Puis avisant chemise, mule, robe,
Saisit le tout en tremblant et sans bruit,
Même elle prend jusqu'au bonnet de nuit.
Tout vint à point ; car de bonne fortune
Elle aperçut une Jument bai-brune,
Bride à la bouche et selle sur le dos,
Que l'on devait amener à Chandos.
Un Ecuyer, vieil ivrogne, intrépide,

K

Tout en dormant la tenait par la bride,
L'adroite Agnès s'en va fubtilement
Oter la bride à l'Ecuyer dormant;
Puis fe fervant de certaine efcabelle,
Y pofe un pied, monte, fe met en felle,
Pique, et s'en va, croyant gagner les bois,
Pleine de crainte et de joye à la fois.
L'ami Bonneau court à pied dans la plaine
En maudiffant fa pefante bedaine,
Ce beau voyage et la guerre et la Cour
Et les Anglais et Sorel et l'amour.

Or, de Chandos le très-fidèle page
(Monrofe était le nom du perfonnage,)
Qui revenait ce matin d'un meffage,
Voyant de loin tout ce qui paffait,
Cette Jument qui vers le bois courait,
Et de Chandos la robe et le bonnet;
Dévinant mal ce que ce pouvait être,
Crut fermement qne c'était fon cher Maître,
Qui loin du camp demi nû s'enfuiait.
Epouvanté de l'étrange avanture
D'un coup de fouët il hâte fa monture,
Galoppe et crië, ah mon Maître, ah Seigneur
Vous pourfuit on? Charlot eft-il vainqueur?
Où courez vous? Je vais par tout vous fuivre;
Si vous mourez je cefferai de vivre;
Il dit et vole, et le vent emportait
Lui, fon cheval, et tout ce qu'il difait.

La belle Agnès qui fe croit pourfuivie
Court dans le bois au péril de fa vie;
Le page y vole, et plus elle s'enfuit,
Plus nôtre Anglais avec ardeur la fuit.
La jument bronche et la belle éperduë

Jettant

Jettant un cri dont retentit la nuë,
Tombe à côté, fur la terre étenduë.
Le page arrive auffi prompt que les vents,
Mais il perdit l'ufage de fes fens,
Quand cette robe ouverte et voltigeante
Lui découvrit une beauté touchante,
Un fein d'albâtre et les charmans tréfors
Dont la Nature enrichiffait fon corps.
Bel Adonis, telle fut ta furprife!
Quand la maîtreffe et de Mars et d'Anchife
Du haut des Cieux, le foir au coin d'un bois,
S'offrit à toi pour la première fois.
Vénus fans doute avait plus de parure ;
Une jument n'avait point renverfé
Son corps Divin de fatigue haraffé,
Bonnet de nuit n'etait point fa coëffure.
Son cu d'ivoire était fans meurtriffure.
Mais Adonis à ces attraits tout nus,
Balancerait entre Agnès et Venus.
    Le jeune Anglais fe fentit l'ame atteinte
D'un feu mêlé de refpect et de crainte ;
Il prend Agnès et l'embraffe en tremblant,
Hélas, dit-il, feriez-vous point bleffée?
Agnès fur lui tourne un œil languiffant,
Et d'une voix timide, embarraffée
En foupirant elle lui parle ainfi ;
" Qui que tu fois qui me pourfuis ici,
" Si tu n'as point un cœur né pour le crime,
" N'abufe point du malheur qui m'oprime,
" Jeune étranger conferve mon honneur,
" Sois mon apui, fois mon Libérateur.
    Elle ne put en dire davantage ;
Elle pleura, détourna fon vifage,

Trifte

Trifte, confufe, et tout bas promettant
D'être fidêle au bon Roi fon amant.
Monrofe ému, fut un tems en filence;
Puis il lui dit d'un ton tendre et touchant,
O de ce monde adorable ornement
Que fur les cœurs vous avez de puiffance !
Je fuis à vous: comptez fur mon fecours
Vous difpofez de mon cœur, de mes jours,
De tout mon fang; ayez tant d'indulgence
Que d'accepter que j'ofe vous fervir ;
Je n'en veux point une autre recomponfe :
C'eft être heureux que de vous fécourir.
Il tire alors un flacon d'eau des Carmes ;
Sa main timide en arrofe fes charmes,
Et les endroits de rofes et de lys,
Qu'avaient la felle et la chûte meurtris.
La belle Agnès rougiffait fans colère,
Ne trouvait point fa main trop téméraire,
Et fe laffoit d'etre fidele au Roi.
Le Page ayant employé fa bouteille ;
Rare beauté, dit-il, je vous confeille,
De cheminer jufques au bourg voifin ;
Nous marcherons par ce petit chemin.
Dedans ce bourg nul foldat ne demeure;
Nous y ferons avant qu'il foit une heure.
J'ai de l'argent, et l'on vous trouvera
Et coeffe, et jupe, et tout ce qu'il faudra
Pour habiller avec plus de décence
Une beauté digne d'un Roi de France.
La Dame errante aprouva fon avis ;
Monrofe était fi tendre et fi foumis,
Etait fi beau, favait à tel point vivre,
Qu'on ne pouvait s'empêcher de le fuivre.

Quelque

Quelque Cenſeur, interrompant le fil
De mon diſcours, dira, mais ſe peut il?
Qu'un étourdi, qu'un jeune homme, qu'un page
Fut près d'Agnès reſpectueux et ſage ;
Qu'il ne prit point la moindre liberté ?
Ah ! laiſſez là vos cenſures rigides ;
Ce page aimait, et ſi la volupté
Nous rend hardis, l'amour nous rend timides.
Agnès et lui marchaient donc vers ce bourg ;
S'entretenant de beaux propos d'amour,
D'exploits de guerre et de Chevalerie,
De contes vieux et de galanterie.
Nôtre Ecuyer de cent pas en cent pas
S'aprochait d'elle et baiſait ſes beaux bras ;
Le tout d'un air reſpectueux et tendre.
La belle Agnès ne ſavait s'en defendre:
Mais rien de plus ; ce jeune homme de bien,
Voulait beaucoup et ne demandait rien.
Dedans le bourg ils ſont entrés à peine ;
Dans un logis ſon Ecuyer la méne
Bien fatiguée ; Agnés entre deux draps
Modeſtement repoſe ſes apas;
Monroſe court ; et va tout hors d'haleine
Chercher partout pour dignement ſervir,
Alimenter, chauſſer, coëffer, vêtir
Cette beauté déja ſa Souveraine.
O jeune enfant dont l'amour et l'honneur
Ont pris plaiſir à diriger le cœur;
Ou ſont les gens dont la ſageſſe égale
Les procédés de ton ame loiale ?
   Dans ce logis (Ciel! que vai-je avoüer ?)
De Jean Chandos logeait un Aumonier.
Tout Aumonier eſt plus hardi qu'un Page.

Le scelerat informé du voyage
Du beau Monrose et de la belle Agnès,
Et trop instruit que dans son voisinage
A quatre pas reposaient tant d'attraits ;
Pressé soudain de son désir infâme,
Les yeux ardens, le sang rempli de flâme,
Le corps en rût, de luxure énivré,
Entre en jurant comme un désespéré,
Ferme la porte, et les deux rideaux tire !
Mais cher lecteur il convient de te dire
Ce que faisait en ce même moment
Le grand Dunois sur son âne vôlant.

Au haut des airs ou les Alpes chenuës
Portent leur tête et divisent les nuës,
Vers ce rocher fendu par Annibal,
Fameux passage aux Romains si fatal ;
Qui voit le Ciel s'arondir sur sa tête
Est un Palais de marbre transparant ;
Sans toit ni porte, ouvert à tous venant.
Tous les dedans sont des glaces fidèles ;
Si, que chacun qui passe devant elles
Belle ou laide, ou jeune homme ou vieux barbon,
Peut se mirer tant qu'il lui semble bon.
Mille chemins ménent devers l'empire
De ces beaux lieux ou si bien l'on se mire :
Mais ces chemins sont tous bien dangereux.
Il faut franchir des abimes affreux ;
Tel bien souvent sur ce nouvel olympe
Est arrivé sans trop savoir par où ;
Chacun y court, et tandis que l'un grimpe.
Il en est cent qui se cassent le cou.

De ce Palais la superbe maitresse
Est cette vieille et bavarde Déesse,

La Renommée! à qui dans tous les tems
Le plus modeste a donné quelque encens.
Le Sage dit que son cœur la méprise,
Qu'il hait l'éclat qui lui donne un grand nom,
Que la louange est pour l'ame un poison:
Le Sage ment, et dit une sottise.
La Renommée est donc en ces hauts lieux.
Les courtisans dont elle est entourée,
Princes, pédants, guerriers, religieux,
Cohorte vaine, et de vent énivrée,
Vont tous prians, et crians à genoux :
O Renommée! ô puissante Déesse!
Qui savez tout et qui parlez sans cesse,
Par charité parlez un peu de nous.
Pour contenter leurs ardeurs indiscrètes,
La Renommée à toujours deux trompettes :
L'une à sa bouche apliquée à propos
Va célébrant les exploits des Héros;
L'autre est au cu; puisqu'il faut vous le dire
C'est celle-là qui sert à nous instruire,
De ce fatras de volumes nouveaux
Vers de *Danchet*, prose de *Marivaux*.
Productions de plumes mercenaires,
Et du Parnasse insectes éphémères,
Qui l'un par l'autre éclipsés tour à tour
Faits en un mois, perissent en un jour;
Ensevelis dans le fond des Collèges;
Rongés des vers, eux, et leurs privilèges.
    Gentil Dunois sur ton âne monté
En ce beau lieu tu te vis transporté.
Ton nom fameux qu'avec justice on fête,
Etait corné par la trompette honnête.
Tu regardas ces miroirs si polis.

O quelle joye enchantait tes esprits!
Car tu voyais dans ces glaces brillantes
De tes vertus les peintures vivantes ;
Non seulement des Siéges des combats,
Et ces exploits qui font tant de fracas :
Mais des vertus encor plus difficiles,
Des malheureux de tes bienfaits chargés
Te bénissants au sein de leurs aziles;
Des gens de bien à la Cour protégés,
Des orphelins de leurs tuteurs vangés,
Dunois ainsi contemplant son histoire
Se complaisait à jouir de sa gloire.
Son Ane aussi s'amusait à se voir
Se pavanant de miroir en miroir.
On entendit dessus ces entrefaittes,
Sonner en l'air une des deux trompettes
Elle disait: *voici l'horible jour*
Ou dans Milan la sentence est dictée,
On va bruler la belle Dorothée.
Pleurez mortels qui connaissez l'amour.
Qui; dit Dunois ? qu'elle est donc cette belle ?
Qu'a-t-elle fait ? pourquoi la brule-t-on ?
Passe après tout si c'est une Laidron,
Mais dans le feu mettre un jeune tendron ?
Par tous les Saints c'est chose trop cruelle.
Comme il parlait, la trompette reprit
O Dorothée, ô pauvre Dorothée !
En feu cuisant tu vas être jettée.
Si la valeur d'un chevalier loial
Ne te reçout de ce brasier fatal.
    A cet avis Dunois sentit dans l'ame
Un promt désir de sécourir la Dame.
Car vous savez que sitot qu'il s'offrait

Occafion de marquer fon courage,
Venger un tort, redreffer quelque outrage;
Sans raifonner ce Héros y courait.
Allons, dit-il, à fon âne fidèle,
Vole à Milan, vole ou l'honneur t'apelle.
L'Ane auffi-tôt les deux aîles étend;
Un Chérubin va moins rapidement.
On voit déja la ville ou la juftice,
Arrangeait tout pour cet affreux fuplice.
Dans la grand place on éléve un bucher;
Trois cent archers, gens cruels et timides,
Du mal d'autrui, monftres toujours avides!
Rangent le peuple, empêchent d'aprocher:
On voir partout le beau monde aux fenêtres,
Attendant l'heure, et déjà larmoïant:
Sur un Balcon l'Archevêque et fes prêtres
Obfervent tout d'un œil ferme et content.
    Quatre Alguazils amenent Dorothée
Nuë en chemife, et de ters garotée;
Le jufte excès de fon affliction
Le defefpoir et la confufion
Devant fes yeux répandent un nuage.
Des pleurs amers inondent fon vifage;
Elle entrevoit d'un œil mal affuré
L'affreux poteau pour fa mort préparé,
Et fes fanglots fe faifant un paffage,
O mon amant! ô toi qui dans mon cœur
Regnes encor dans ce momens d'horreur.
Elle ne put en dire d'avantage.
Et bèguaïant le nom de fon amant,
Elle tomba fans voix, fans fentiment.
Le front jauni d'une paleur mortelle,
Dans cet état elle était encor belle.

Un fcélerat nommé *Sacrogorgon,*
De l'Archevêque infame champion,
La dague au poing vers le bucher s'avance,
Le chef armé de fer et d'impudence,
Et dit tout haut, Meſſieurs je jure DIEU
Que Dorothée à mérité le feu.
Eſt-il quelqu'un qui combatte pour elle ?
S'il en eſt un que cet audacieux,
Oſe à l'inſtant ſe montrer à mes yeux ;
Voici dequoi lui fendre la cervelle.
Diſant ces mots il marche fierement,
Branlant en l'air un braquemart tranchant
Roulant ſes yeux, tordant ſa laide bouche.
On fremiſſait à ſon aſpect farouche ;
Et dans la ville il n'était Ecuyer
Qui Dorothée oſat juſtifier.
Sacrogorgon venait de les confondre :
Chacun pleurait et nul n'oſait répondre.
Le fier Prélat du haut de ſon balcon
Encourageait le brutal champion.
Le beau Dunois qui planait ſur la place,
Fut ſi touché de l'inſolente audace
De ce pervers ; et Dorothée en pleurs
Etait ſi belle au ſein de tant d'horreurs ;
Son déſeſpoir la rendait ſi touchante,
Qu'en la voiant il la crut innocente.
Il ſaute à terre, & d'un ton élevé,
C'eſt moi, dit-il, face de reprouvé,
Qui viens ici montrer par mon courage,
Que Dorothée eſt vertueuſe et ſage
Et que tu n'es qu'un ſanfaron brutal
Suppôt du crime, et menteur déloial.
Je veux d'abord ſavoir de Dorothée
Quelle noirceur lui peut être imputée,

Quel

Quel eft fon cas ? et par quel guet-â-pan
On fait bruler les belles à Milan ;
Il dit ; le peuple à la furprife en proie,
Pouffa des cris d'efpérance et de joie.
Sacrogorgon qui fe mourait de peur,
Fit comme il put, femblant d'avoir du cœur.
Le fier Prélat fous fa mine hypocrite
Ne put cacher le trouble qui l'agite.
  A Dorothée alors le beau Dunois
S'en vint parler d'un air humble et courtois ;
Et cependant que la belle lui conte
En foupirant fon malheur et fa honte,
L'âne Divin fur l'Eglife perché
De tout ce cas paraiffait fort touché.
Et de Milan les dévotes familles
Beniffaient Dieu qui prend pitié des filles.

CHANT SEPTIEME.

*Coment Dunois sauva Dorothée condamnée
à la mort par l'Inquisition.*

Lorsqu'autrefois, au printems de mes jours,
Je fus quitté par ma belle maîtresse,
Mon tendre cœur fut navré de tristesse :
Je détestai l'empire des amours ;
Mais de ternir par le moindre discours,
Cette beauté que j'avais offensée,
De son bonheur oser troubler le cours,
Un tel forfait n'entra dans ma pensée.
Gêner un cœur ce n'est pas me facon.
Que si je traite ainsi les infidèles,
Vous comprenez à plus forte raison,
Que je respecte encor plus les cruelles.
Il est affreux d'aller persécuter
Un jeune cœur que l'on n'a pu dompter.
Si la maîtresse objet de votre hommage
Ne peut pour vous des mêmes feux brûler,
Cherchez ailleurs un plus doux esclavage.
On trouve assez dequoi se consoler.
Ou bien buvés.   C'est un parti fort sage.
Et plut à DIEU qu'en un cas tout pareil
Ce fier Prélat qu'amour rendit barbare,
Cet opresseur d'une beauté si rare,
Se fût servi d'un aussi bon conseil.

Déja

Déja Dunois à la belle affligée
Avait rendu le courage et l'espoir.
Mais avant tout il convenait savoir,
Les attentats dont elle était chargée.
   O vous, dit-elle, en baissant ses beaux yeux,
" Ange divin qui descendez des Cieux,
" Vous qui venez prendre ici ma défense ;
" Vous savez bien quelle est mon innocence.
" Dunois reprit," je ne suis qu'un mortel.
" Je suis venu par une étrange allure,
" Pour vous sauver d'un trépas si cruel,
" Nul dans les cœurs ne lit que l'Eternel.
" Je croi vôtre ame et vertueuse et pure ;
" Mais dites moi pour DIEU vôtre avanture?
   Lors Dorothée en essuiant ses pleurs,
Dont le torrent son beau visage moüille
Dit ; l'amour seul a fait tous mes malheurs.
" Connaissez vous Monsieur de la Trimoüille?
   " Oui, dit Dunois, c'est mon meilleur ami.
" Peu de héros ont une ame aussi belle ;
" Le Roi n'a pas de guerrier plus fidele ;
" L'Anglais n'a pas de plus fier ennemi.
" Nul Cavalier n'est plus digne qu'on l'aime.
" Il est trop vrai, dit-elle, c'est lui même.
" Il ne s'est pas écoulé plus d'un an
" Depuis le jour qu'il a quitté Milan.
" C'est en ces lieux qu'il m'avait adorée
" Il le jurait, et j'ose être assurée,
" Que son grand cœur est toujours enflamé,
" Qu'il m'aime encor ; car il est trop aimé.
   " Ne doutez point, dit Dunois, de son ame ;
" Vôtre beauté lui répond de sa flame
" Je le connais, il est ainsi que moi
" A ses amours fidele comme au Roi.

                  " L'autre

" L'autre reprit, ah Monfieur, je vous croi.

" O jour heureux ! où je le vis paraître.

" Où des mortels il était à mes yeux

" Le plus aimable et le plus vertueux,

" Où de mon cœur il fe rendit le maître.

" Je l'adorais avant que ma raifon

" Eut pù favoir fi je l'amais ou non.

" Ce fut Monfieur (ô moment deleêable !)

" Chez l'Archevêque ou nous étions à table,

" Que ce héros plein de fa paffion

" Me fit d'abord fa déclaration.

" Ah ! j'en perdis la parole et la vüe.

" Mon fang brûla d'une ardeur inconnuë :

" Du tendre amour j'ignorais le danger,

" Et de plaifir je ne pouvais manger.

" Le lendemain il me rendit vifite.

" Elle fut courte, il prit congé bien vite :

" Quand il partit, mon cœur le rapelait,

" Mon tendre cœur après lui s'envolait.

" Le lendemain il eut un tête à tête

" Un peu plus long, mais non pas moins honnête.

" Le lendemain il en reçut le prix,

" Par deux baifers fur mes lêvres ravis.

" Le Lendemain il ofa davantage,

" Il me promit la foi de mariage.

" Le lendemain il fut entreprenant.

" Le lendemain il me fit un Enfant.

" Que dis-je hélas ? faut il que je raconte

" De point en point mes malheurs et ma honte?

" Sans que je fache, ô digne chevalier !

" A quel Héros j'ofe me confier.

Lors le guerrier par pure obéiffance

Dit fans vanter fes faits ni fa naiffance ;

" Je fuis *Dunois!* C'était en dire affez.

" DIEU

« DIEU reprit elle, ô DIEU qui m'éxaucez,
« Quoi ta bonté fait voler à mon aide
« Ce grand *Dunois*, ce bras à qui tout céde !
« Gentil guerrier, noble fils de l'amour,
« Eh, quoi, c'eſt vous, vous l'eſpoir de la France
« Qui me ſauvez et l'honneur et le jour ?
« Vôtre nom ſeul accroît ma confiance.
« Vous ſaurez donc brave et gentil *Dunois*,
« Que mon amant au bout de quelques mois
« Fut obligé de partir pour la guerre,
« (Guerre funeſte et maudite Angleterre !)
« Il écouta la voix de ſon devoir.
« Mon tendre amour était au déſeſpoir.
« Un tel état vous eſt connu ſans doute ;
« Et vous ſavez Monſieur ce qu'il en coute.
« Ce fier devoir fait ſeul tous nos malheurs ;
« Je l'éprouvais en répandant des pleurs ;
« Mon cœur était forcé de ſe contraindre,
« Et je mourais, mais ſans pouvoir m'en plaindre.
« Il me donna le préſent amoureux,
« D'un bracelet fait de ſes blonds cheveux ;
« Et ſon portrait qui trompant ſon abſence
« M'a fait cent fois retrouver ſa préſence.
« Un tendre écrit ſurtout il me laiſſa,
« Que de ſa main le ferme amour traça :
« C'était Monſieur une juſte promeſſe
« Un cher garant de ſa ſainte tendreſſe :
« On y liſait ; *Je jure par l'amour,*
« *Par les plaſirs de mon ame enchantée*
« *De revenir bientôt en cette Cour*
« *Pour épouſer ma chére Dorothée.*
« Las ! il partit, il porta ſa valeur
« Dans Orléans. Peut-être il eſt encore
« Dans ces remparts, ou l'appela l'honneur.

« S'il

« S'il y favait quels maux et quelle horreur
« Sont loin de lui le prix de fon ardeur !
« Non, jufte Ciel il vaut mieux qu'il l'ignore.
« Il partit donc; et moi je m'en allai,
« Loin des foupçons d'une ville indifcrête,
« Chercher aux champs une fombre retraite,
« Conforme aux foins de mon cœur défolé.
« Mes parens morts, libre dans ma trifteffe,
« Cachée au monde et fuiant tous les yeux.
   « Dans le fecret le plus myfterieux
« J'enfevélis mes pleurs et ma groffeffe.
« Mais par malheur hélas ! je fuis la niéce
« De l'Archevéque ! à ces funeftes mots
« Elle fentit rodoubler fes fanglois.
   « Puis vers le Ciel tournant fes yeux en larmes,
« J'avais, dit-elle, en fecret mis au jour
« Ce tendre fruit de mon furtif amour;
« Avec mon fils confolant mes allarmes,
« De mon amant j'attendais le retour.
   « A l'Archevêque il prit en fantaifie
« De venir voir quelle efpèce de vie
« Menait fa niéce au fond de ces foréts.
« Pour ma campagne il quittâ fon palais.
« Il fut touché de mes faibles attraits.
« Cette beauté, préfent cher et funefte !
« Ce don fatal qu'aujourdhui je detefte,
« Perça fon cœur des plus dangereux traits.
« Il s'expliqua : Ciel que je fus furprife !
« Je lui parlai des devoirs de fon rang,
« De fon état, des nœuds facrés du fang.
« Je remontrai l'horreur de l'enterprife;
« Elle outrageait la nature et l'Eglife.
« Hélas ! j'eus beau lui parler de devoir,
« Il s'entêta d'un chimerique efpoir.

Il

" Il se flatait que mon cœur indocile,

" D'aucun objet ne s'était prévenu ;

" Qu'enfin l'amour ne m'était point connu,

" Que son triomphe en serait plus facile ;

" Il m'accablait de ses soins fatigans,

" De ses désirs rebutez & pressans.

    " Hélas! un jour que toute à ma tristesse

" Je relisais cette douce promesse,

" Que de mes pleurs je mouillais cet écrit :

" En tapinois arrive, il me surprit.

" Il se saisit d'une main ennemie,

" De ce papier qui contenait ma vie.

" Il lut, il vit dans cet écrit fatal,

" Tous mes secrets, ma flamme & son rival.

" Son ame alors jalouse & forcenée

" A ses désirs fut plus abandonnée.

" Toujours alerte & toujours m'epiant,

" Il sut bientôt que j'avais un Enfant.

" Sans doute un autre en eut perdu courage

" Mais l'Archeveque en devint plus ardent ;

" Et se sentant sur moi cet avantage:

" Ah! me dit il, n'est-ce donc qu'avec moi

" Que vous avez la fureur d'étre sage,

" Et vos faveurs feront le seul partage

" De l'étourdi qui ravit vôtre foi ?

" Osez-vous bien me faire résistance ?

" Y pensez vous ? vous ne meritez pas

" Le fol amour que j'ai pour vos apas :

" Cedez sur l'heure ou craignez ma veangance.

" Je me jettai tremblante à ses genoux :

" J'attestai, DIEU : je repandis des larmes.

" Lui furieux d'amour & de couroux

" En cet état me trouva plus de charmes.

" Il me renverse, & va me violer.

    " A

" A mon fécours il me faut appeller.

" Tout fon amour foudain fe tourne en rage.

" D'un Oncle, ô Ciel! fouffrir un tel outrage :

" De coups affreux il meurtrit mon vifage.

" On vient au bruit ; l'Archevêque à l'inftant

" Joint à fon crime un crime encor plus grand.

" Chrétiens, dit-il, ma nièce eft une impie;

" Je l'abandonne & je l'excommunie :

" Un hérétique, un damné fuborneur

" Publiquement a fait fon defhonneur :

" L'enfant qu'ils ont eft un fruit d'adultére.

" Que DIEU confonde & l'enfant & la mère ;

" Et puifqu'ils ont ma malediction

" Qu'ils foient livrés à l'Inquifition.

" Il ne fit point une menace vaine.

" Et dans Milan le traître arrive à peine,

" Qu'il fait agir le grand Inquifiteur.

" On me faifit prifonniére, on m'entraine

" Dans des cachots ou le pain de douleur

" Etait ma feule & trifte nourriture :

" Lieux fouterrains, lieux d'une nuit obfcure,

" Séjour des morts & tombeau des vivans.

" Aprés trois jours on me rend la lumiére,

" Mais pour la perdre au milieu des tourmens ;

" Vous les voyez ces brafiers dévorans.

" C'eft-là qu'il faut expirer à vingt ans.

" C'eft la, qu'il faut de ce monftre en furië

" Finir mes jours pour combler fon envië :

" C'eft-là, c'eft-la, fans vôtre bras vangeur,

" Qu'on m'arrachait la vie avec l'honneur.

" Plus d'un guerrier aurait felon l'ufage

" Pris ma défenfe & pour moi combattu ;

" Mais l'Archevêque enchaine leur vertu.

" Contre l'Eglife ils n'ont point de courage :

" Qu'attendre hélas ! d'un cœur Italien ?

" Ils

" Ils tremblent tous a l'aspect d'une Etole :
" Mais un Français n'est alarmé de rien :
" Il braverait le Pape au Capitole."
   A ces propos Dunois piqué d'honneur
Plein de pitié pour la belle accusée,
Plein de couroux pour son persécuteur,
Brulait déja d'exercer sa valeur ;
Et se flatait d'une victoire aisée.
Bien supris fut de se voir entouré
De cent archers dont la cohorte fiére,
Etait venu l'investir par derriére.
   Un cuistre en robe avec bonnet carré.
Criait d'un ton de voi *miserèré.*
" On fait savoir de par la Sainte Eglise
" Par Monseigneur pour la gloire de DIEU
" A tous Cretiens que le Ciel favorise,
" Que nous venons de condamner au feu
" Cet étranger, ce champion profane
" De Dorothée infame Chevalier
" Comme infidèle, hérétique & sorcier ;
" Qu'il soit brulé sur l'heure avec son âne."
   Cruel Prélat, Busiris en soutane,
C'était perfide un tour de ton métier,
Tu redoutais le bras de ce guerrier.
Tu t'entendais avec le Saint office,
Pour oprimer sous le nom de justice
Quiconque eut pu lever le voile affreux
Dont tu cachais ton crime à tous les yeux.
Tout aussi-tôt l'assassine cohorte
Du Saint Office abominable escorte
Pour se saisir du superbe Dunois,
Deux pas avance, elle en recule trois ;
Puis marche encor, puis se signe & s'arrête.
   Sacrogorgon qui tremblait à leur tête,
Leur crie, allons il faut vaincre ou périr ;

De

De ce forcier tachons de nous faifir.
Au milieu d'eux les Diacres de la ville,
Les Sacriftains arrivent à la file :
L'un tient un pot & l'autre un goupillon:
Ils font leur ronde ; & de leur eau falée
Benoitement afpergent l'affemblée.
On Exorcife, on maudit le Démon ;
Et le Prélat toujours l'ame troublée,
Donne partout la bénédiction.
   Le grand Dunois, non fans émotion,
Voit qu'on le prend pour envoyé du Diable :
Lors faififfant de fon bras redoutable,
Sa grande épée, & de l'autre montrant
Un chapelet, Carholique inftrument !
De fon falut cher & facré garant.
Allons, dit-il, vénez à moi mon âne,
L'âne defcend, Dunois, monte & foudain
Il va frapant en moins d'un tour de main
De ces croquants la cohorte profane.
Il perce à l'un le *fternum* & le bras;
Il atteint l'autre à l'os qu'on nomme *atlas :*
Qui voit tomber fon nez & fa machoire :
Qui fon oreille & qui fon *humerus ;*
Qui pour jamais s'en va dans la nuit noire,
Et qui s'enfuit difant fon *Orémus.*
   L'âne au milieu du fang & du carnage
Du paladin féconde le courage.
Il vole, il crie, il mord, il foule aux piés
Ce tourbillion de faquins effraiés.
Sacrogorgon abaiffant la vifiére
Toujours jurant s'en allait en arriére.
Dunois le joint, l'atteint à l'os *pubis,*
Le fer fanglant lui fort par le *coccis,*
Le vilain tombe & le peuple s'écrie:

Béni

Béni foit Dieu, le barbare eft fans vie.
Le fcélerat encor fe débattait
Sur la poufliére & fon cœur palpitait,
Quand le héros lui dit: ame traitreffe,
L'enfer t'attend, crains le diable & confeffe
Que l'Archevêque eft un coquin mitré,
Un ravifleur, un parjure avéré :
Que Dorothée eft l'innocence même,
Qu'elle eft fidèle au tendre amant qu'elle aime,
Et que tu n'es qu'un fot & qu'un fripon.
Ouï, Monfeigneur, oui vous avez raifon.
Je fuis un fot, la chofe eft par trop claire,
Et vôtre épée a prouvé cette affaire.
Il dit, fon ame alla chez le Démon
Ainfi mourut le fier Sacrogorgon.

Dans l'inftant même où ce bravache infame
A Belzebut rendait fa vilaine ame,
De vers la place arrive un Ecuyer,
Portant falade avec lance dorée ;
Deux poftillons à la jaune livrée
Allaient devant. C'était chofe affurée
Qu'il arrivait quelque grand Chevalier.
A cet objet la belle Dorothée,
D'étonnement & d'amour tranfportée,
Ah ! Dieu puiffant ! fe mit elle à crier,
Serait-ce lui ?. ferait-il bien poffible ?
A mes malheurs le Ciel eft trop fenfible.
Les Milanais, (peuple très curieux,)
Vers l'Ecuyer avaient tourné les yeux.

Ah ! cher lecteur, n'êtes-vous pas honteux
De reffembler à ce peuple volage,
Et d'occuper vos yeux & votre efprit
Du changement qui dans Milan fe fit ?
Eft-ce donc là le but de mon ouvrage ?

Songez Lecteur aux remparts d'Orléans,
Au Roi de France, aux cruels affiégeans,
A la pucelle, à l'illuſtre amazone,
La vangereſſe & du peuple et du trône,
Qui ſans jupon, ſans pourpoint, ni bonnet,
Parmi les champs comme un centaure allait,
Ayant en DIEU ſa plus ferme eſpérance,
Comptant ſur lui plus que ſur ſa vaillance,
Et s'adreſſant à Monſieur Saint Denis,
Qui cabalait alors en paradis
Contre Saint George en faveur de la France.
    Surtout, lecteur, n'oubliez point Agnés :
Ayez l'eſprit tout plein de ſes attraits.
Tout honnête home à mon gré doit s'y plaire.
Eſt-il quelqu'un, ſi morne & ſi ſévère,
Que pour Agnès il ſoit ſans intérèt ?
Et franchement, dites-moi, s'il vous plait,
Si Dorothée au feu fut condamnée,
Si le Siegneur du haut du firmament
Sauva le jour à cette infortunée.
Semblable cas advient très rarement ;
Mais que l'objet, ou vôtre cœur s'engage,
Pour qui vos pleurs ne peuvent s'éſſuyer,
Soit dans les bras d'un robuſte aumônier,
Ou ſemble épris pour quelque jeune page,
Cet accident peut-être eſt plus commun.
Pour l'amener ne faut miracle aucun.
Je l'avouërai, j'aime toute avanture
Qui tient de près à l'humaine nature ;
Car je ſuis home & je me fais honneur
D'avoir ma part aux humaines faibleſſes.
J'ai dans mon tems poſſédé des maîtreſſes,
Et j'aime encore à retrouver mon cœur.

CHANT

CHANT HUITIEME.

Agnès Sorel poursuivie par l'Aumonier de Jean Chandos. Ce qui advint à la belle Agnès dans un Couvent.

EH quoi! toujours clouer une préface
A tous mes chants? la morale me lasse.
Un simple fait conté naïvement;
Ne contenant que la vérité pure,
Navré, succint, sans frivole ornement,
Point trop d'esprit, aucun rafinement,
Voilà dequoi désarmer la censure.
    Allons au fait, Lecteur, tout rondement;
C'est mon avis. Tableau d'après nature,
S'il est bien fait, n'a besoin de bordure.
    Le bon Roi Charle, allant vers Orleans,
Enflait le cœur de ses fiers combattans,
Les remplissait de joye et d'espérance
Et relevait le destin de la France.
Il ne parlait que d'aller aux combats:
Il étalait une fiére allégresse;
Mais en secret il soupirait tout bas:
Car il était absent de sa maîtresse.
L'avoir laissée, avoir pû seulement
De son Agnès s'écarter un moment,
C'était un trait d'une vertu suprême,
C'était quitter la moitié de soi-même !
Lorsqu'il fut seul en sa chambre enfermé,

Et

Et qu'en fon cœur il eut un peu calmé
L'emportement du Démon de la gloire.
L'autre Démon qui préfide à l'amour
Vint à fes fens s'expliquer à fon tour.
Il plaidait mieux ; il gagna la victoire.
D'un air diftrait le bon Prince écouta
Le gros Louvet qui longtems harangüa,
Puis en fa chambre en fecret il alla,
Où d'un cœur trifte et d'une main tremblante
Il écrivit une lettre touchante,
Que de fes pleurs tendrement il mouilla.
Pour les fécher Bonneau n'était pas là.
Meffire Hugon Gentilhomme ordinaire
Fut dépéché chargé du doux billet.
Une heure après, ô douleur trop amère !
Nôtre courier raporte le poulet.
Le Roi faifi d'une crainte mortelle,
Lui dit hélas ! pourquoi donc reviens tu ?
Sire, armez-vous de force et de vertu.
Les Anglais, Sire, ... ah ! tout eft confondu :
Sire, ils ont pris Agnès et la Pucelle.
A ce propos, dit fans ménagement,
Le Roi, tomba, perdit tout fentiment
Et de fes fens il ne reprit l'ufage
Que pour fentir l'effet de fon tourment.
Contre un tel coup quiconque a du courage
N'eft pas fans doute un véritable amant.
Le Roi l'était ; un tel événement
Le tranfperçait de douleur et de rage.
Ses Chevaliers perdirent tous leurs foins
A l'arracher à fa douleur cruelle,
Charle fut prêt d'en perdre la cervelle.
Son pére helas ! la perdit pour bien moins.
Ah ! cria t'il, que l'on m'enléve Jeanne,

Mes

Mes Chevaliers, tous mes gens à foutanne,
Mon Directeur, et le peu de pays
Que m'ont laiffé mes deftins ennemis.
Cruels Anglais Preffés moi plus encore
Mais laiffez moi ce que mon cœur adore.
Et refpectés cet objet de mes vœux
Amour, Agnès, Monarque malheureuz !
Je l'ai perdue ! il faudra que j'en meure.
Je l'ai perdue, et pendant que je pleure,
Peut-être hélas ! quelqu'infolent Anglais
A fon plaifir fubjugue tes attraits,
Faits feulement pour des baifers Français.
Une autre bouche à tes lévres charmantes
Pourait ravir ces faveurs fi touchantes ?
Une autre main careffer tes beautés ?
Une autre ! ô Ciel que de calamités.
Et qui fait même en ce moment terrible
A leurs plaifirs fi tu n'es pas fenfible,
Qui fait hélas! fi ton tempérament
Ne trahit pas ton malheureux amant !
Le trifte Roi, de cette incertitude
Ne pouvant plus fouffrir l'inquiétude,
Va fur ce cas confulter les Docteurs,
Nécromanciens, Devins, Sorbonniqueurs.
Juifs, Jacobins, quiconque favait lire.
Meffieurs, dit il, il convient de me dire
Si mon Agnès eft fidéle à fa foi,
Si pour moi feul fa belle ame foupire.
Gardez vous bien de tromper vôtre Roi ;
Dites moi tout ; de tout il faut m'inftruire.
Eux bien payez confultèrent foudain
En Grec, Hébreu, Siriaque, Latin ;
L'un du Roi Charle examine la main,
L'autre en quarré deffine une figure ;

N

Un

Un autre observe et Vénus et Mercure,
Un autre va son Psautier parcourant,
Disant *amen* et tout bas marmottant.
Cet autre-ci regarde au fond d'un verre,
Et celui-là fait des cercles à terre,
Il n'est aucun qui doute de son Art
Et pensant tous que le Diable y tient part,
Aux yeux du Prince ils travaillent, ils suent,
Puis louant Dieu, tous ensemble ils concluent
Que ce grand Roi peut dormir en repos
Qu'il est le seul parmi tous les Héros
A qui le Ciel par sa grace infinie,
Daigne octroyer une fidèle amie,
Qu'Agnès est sage, et fuit tous les Amans.
Ils se trompaient hélas ! les bonnes gens.
Puis fiez-vous à Messieurs les Savants:
   Cet Aumonier terrible, miserable
Avait saisi le moment favorable :
Malgré les cris, malgré les pleurs d'Agnès
Il triomphait de ses jeunes attraits,
Il ravissait des plaisirs imparfaits.
Volupté triste et fausse jouissance,
Honteux plaisirs qu'amour ne connait pas.
Car qui voudrait tenir entre ses bras
Une beauté qui détourne la bouche,
Qui de ses pleurs inonde vôtre couche ;
Un honnête homme a bien d'autres dèsirs.
Il n'est heureux qu'en donnant des plaisirs.
Un Aumonier n'est pas si difficile :
Il va piquant sa monture indocile,
Sans s'informer si le jeune tendron
Sous son empire a du plaisir ou non.
   Le page aimable amoureux et timide

Qui

Qui dans le bourg était allé courir
Pour dignement honorer et fervir
La Déïté qui de fon fort décide,
Revint enfin.   Las ? il revint trop tard.
Il rentre, il voit le damné de frapart
Qui tout en feu dans fa brutale joye
Se démenait et dévorait fa proye.
Le beau Monrofe à cet objet fatal
Le fer en main vôle fur l'animal ;
Du Chapelain l'impudique furie
Céde au befoin de défendre fa vie ;
Du lit il faute ; il empoigne un bâton ;
Il s'en excrime, il acole le page.
Chacun des deux eft brave Champion.
Monrofe eft plein d'amour eft de courage ;
Et l'Aumonier de luxure et de rage.
Les gens heureux qui goutent dans les champs
La douce paix, fruit des jours innocens,
Ont vû fouvent près de quelque bocage
Un Loup cruel affamé de carnage,
Qui de fes dents déchire la toifon
Et boit le fang d'un malheureux mouton.
Si quelque chien à l'oreille écourtée
Au cœur fuperbe, à la gueule endentée
Vient comme un trait tout prêt à guerroyer ;
Incontinent l'animal carnaffier
Laiffe tomber de fa gueule écumante
Sur le gazon la victime innocente ;
Il court au chien qui fur lui s'élançant
A l'ennemi livre un combat fanglant ;
Le Loup mordu tout bouillant de colére
Croit étrangler fon fuperbe adverfaire ;
Et le mouton palpitant auprès d'eux

Fait

Fait pour le chien de très fincères vœux.
C'était ainfi que l'aumônier nerveux
D'un cœur farouche et d'un bras formidable
Se débattait contre le page aimable
Tandis qu'Agnès demi-morte de peur
Reftait au lit, digne prix du vainqueur.

L'hôte, et l'hoteffe, et toute la famille,
Et les valets et la petite fille,
Montent au bruit: on fe jette entre deux,
On fit fortir l'Aumonier fcandaleux,
Et contre lui chacun fut pour le Page.
Jeuneffe, et grace ont par tout l'avantage.
Le beau Monrofe eut donc la liberté
De refter feul auprès de fa beauté,
Et fon rival hardi dans fa détreffe,
Sans s'étonner alla chanter fa Meffe.
Agnès honteufe, Agnès au défefpoir
Qu'un Sacriftain à ce point l'eut polluë,
Et plus encor qu'un beau page l'eut vuë
Dans le combat indignement vaincûë,
Verfait des pleurs et n'ofait plus le voir.
Elle eut voulu que la mort la plus prompte
Fermât fes yeux, et terminât fa honte.
Elle difait dans fon grand défaroi
Pour tout difcours, ah! Monfieur tués moi.
Qui? vous mourir, lui répondit Monrofe?
Je vous perdrais, ce traitre en ferait caufe?
Ah! croyez-moi? fi vous aviez péché
Il faudrait vivre et prendre patience?
Eft-ce à nous deux de faire pénitence?
D'un vain remord vôtre cœur eft touché.
Divine Agnès, quelle erreur eft la vôtre?
De vous punir pour le péché d'un autre?
Si fon difcours n'était pas éloquent,

Ses

Ses yeux l'était.   Un feu tendre, et touchant
Insinuait à la belle attendrie,
Quelque désir de conserver sa vie.
Falut diner ; car malgré nos chagrins
Chetifs mortels (j'en ai l'expérience)
Les malheureux ne font point abstinence.
En enrageant on fait encor bombance.
Voilà pourquoi tous ces auteurs divins,
Ce bon Virgile, et ce bavard d'Homère
Que tout Savant même en baillant révere,
Ne manquent point au milieu des combats
L'occasion de parler d'un repas.
La belle Agnès dina donc tête à tête
Près de son lit avec ce page honnête.
Tous deux d'abord également honteux
Sur leur assiéte arrétaient leurs beaux yeux,
Puis enhardis tous deux se regardèrent,
Et puis enfin tous deux ils se lorgnèrent.
Vous savez bien que dans la fleur des àns
Quand la santé brille dans tous vos sens
Qu'un bon dîner fait couler dans vos veines
Des passions les semences soudaines,
Tout vôtre cœur cède au besoin d'aimer :
Vous vous sentez doucement enflamer
D'une chaleur bénigne, et pétillante.
La chair est faible, et le Diable vous tente.
Le beau Monrose en ces tems dangereux
Ne pouvant plus commander à ses feux,
Se jette aux pieds de la belle éplorée.
O cher objet ? ô maitresse adorée !
C'est à moi seul désormais de mourir.
Ayez pitié d'un cœur soumis, et tendre ;
Quoi donc mon cœur ne pourait obtenir
Ce qu'un barbare a bien osé vous prendre !

Ah !

Ah ! fi le crime a pû le rendre heureux :
Que devez-vous à l'amour vertueux ?
C'eft lui qui parle et vous devez l'entendre.
Cet argument paraiffait affez bon.
Agnès fentit le poids de la raifon.
Une heure encor elle va fe déffendre,
Elle voulait reculer fon bonheur,
Pour accorder le plaifir, et l'honneur :
Sachant très bien qu'un peu de réfiftance
Vaut cent fois mieux que trop de complaifance.
Monrofe enfin, Monrofe couronné,
Eut tous les droits d'un Amant fortuné :
Du vrai bonheur, il eut la jouïffance.
Du Prince Anglais la gloire, et la puiffance
Ne s'étendait que fur des Rois vaincus,
Le fier Henri n'avait pris que la France,
Le lot du Page était bien audeffus.
Mais que la joye eft trompeufe et legére !
Que le bonheur eft chofe paffagére !
Le charmant Page à peine avait gouté
De ce torrent de pure volupté ;
Que des Anglais arrive une cohorte.
On monte, on entre, on enfonce la porte.
Couple énivré des careffes d'amour,
C'eft l'aumonier qui vous joua ce tour.
On prend Agnes avec fon ami tendre,
Devant Chandos on s'en va les mener.
Certes au Diable il faudrait me donner
Pour vous décrire et pour vous bien aprendre,
L'effroi, le trouble, et la c   ion,
Le déféfpoir, la défola
L'amas d'horreurs, l'   épouvantable
Qui le beau page et 1   n Agnès accable.
Ils rougiffaient de s'être fait heureux.

A

A Jean Chandois que diront-ils tous deux?
Dans le chemin advint que de fortune
Le corps Anglais rencontra sur la brune
Vingt Chevaliers qui pour Charle tenaient
Et qui de nuit en ces quartiers rodaient
Pour découvrir si l'on avait nouvelle
Touchant Agnès et touchant la Pucelle.
Quand deux mâtins, deux coqs, et deux amants
Nés contre nés se rencontrent aux champs ;
Lors qu'un supôt de la grace éfficace
Trouve un col tors de l'école d'Ignace ;
Quand un Enfant de Luther, ou Calvin
Voit par hazard un Prêtre ultramontain ;
Sans perdre tems un grand combat commence,
A coups dè gueule, ou de plume, ou de lance.
Semblablement les Gendarmes de France
Tout de plus loin qu'ils virent les Bretons
Fondent dessus legers comme faucons.
Les gens Anglais font gens qui se deffendent.
Mille beaux coups se donnent, et se rendent.
Le fier courfier qui notre Agnès portait
Etait actif, jeune, fringuant comme elle.
Il se cabrait, il ruait, il tournait.
Agnès allait fautillant fur la felle.
Bientôt au bruit des cruels combattans
Il s'éffarouche ; il prend le mort aux dents :
Agnès en vain veut d'une main timide
Le gouverner dans fa courfe rapide,
Elle eft trop faible, il lui falut enfin,
A fon cheval remettre fon deftin.
Le beau Monrofe au fort de la mêlée
Ne peut favoir ou fa Nimphe eft allée.
Le Courfier vole auffi prompt que le vent,
Et fans relache ayant couru fix mille,

Il s'arreta dans un valon tranquille,
Tout vis à vis la porte d'un couvent.
Un bois était près de ce monaſtère ;
Auprès du bois une onde vive, et claire
Fuït, et revient, et par de longs détours
Parmi des fleurs elle pourſuit ſons cours.
Plus loin s'éléve une coline verte
A chaque Automne enrichie, et couverte,
Des doux préſens dont Noë nous dota,
Lors qu'a la fin ſon grand cofre il quitta,
Pour réparer du genre humain la perte,
Et que laſſé du ſpectacle de l'eau
Il fit du vin par un art tout nouveau.
Flore, et Pomone, et la ſéconde haleine
Des doux Zéphirs, parfument ces beaux champs.
Sans ſe laſſer, l'œil charmé s'y promêne.
Le Paradis de nos premiers Parens
N'avait point eù de vallons plus riants,
Plus fortunés, et jamais la natúre
Ne fut plus belle et plus riche et plus pure.
L'air qu'on reſpire en ces lieux écartês,
Porte la paix dans les cœurs agités,
Et des chagrins calmant l'inquiétude,
Fait aux mondains aimer la ſolitude.
Au bord de l'onde Agnès ſe repoſa,
Sur le couvent ſes beaux yeux arrêta,
Et de ſes ſens le trouble ſe calma.
C'etait Lecteur un Couvent de Nonettes,
Ah ! dit Agnès, adorables retraites !
Lieux ou le Ciel a verſé ſes bienfaits !
Séjour heureux d'innocence et de paix !
Hélas ! du ciel la faveur infinie
Peut-être ici me conduit tout exprès
Pour y pleurer les erreurs de ma vie.

De chaftes Sœurs époufes de leur Dieu
De leurs vertus embeaument ce beau lieu
Et moi fameufe entre les pécherefles,
J'ai confumé mes jours dans les faiblefles.
Agnès ici parlant à haute voix,
Sur le portail aperçut une croix :
Elle adora d'humilité profonde
Ce figne heureux du falut de ce monde:
Et fe fentant quelque componction
Elle comptait s'en aller à confefle ;
Car de l'amour à la dévotion
Il n'eft qu'un pas.   L'une et l'autre eft tendrefle.
Or du moutier la vénérable Abefle
Depuis deux jours était allée à Blois,
Pour du Couvent y foutenir les droits.
La fœur befogne avait en fon abfence
Du Saint troupeau la bénigne intendance.
Elle accourut au plus vite au parloir,
Puis fit ouvrir pour Agnès recevoir.
Entrez, dit-elle, aimable voyageufe
Quel bon patron, qu'elle fête joyeufe
Peut améner au pied de nos Autels
Cette beauté dangereufe aux mortels?
Seriez-vous point quelque Ange ou quelque Sainte
Qui des beaux Cieux abandonne l'enceinte
Pour ici bas nous faire la faveur
De confoler les filles du Seigneur ?
Agnès répond, c'eft pour moi trop d'honneur,
Je fuis ma fœur une pauvre mondaine:
De grands péchez mes beaux jours font ourdis ;
Et fi jamais je vais en Paradis
Je n'y ferai qu'auprès de Magdelaine.
De mon deftin le caprice fatal
Dieu, mon bon Ange et furtout mon cheval,

O.

Ne fait comment en ces lieux m'ont portée ;
De grand remords mon ame eft agitée ;
Mon cœur n'eft point dans le crime endurci.
J'aime le bien, j'en ai perdu la trace,
Je le retrouve, et je fens que la grace
Pour mon falut veut que je couche ici.
La fœur befogne avec douceur prudente
Encouragea la belle penitente
Et de la grace exaltant les attraits
Dans fa Celule elle conduit Agnès.
Celule propre et bien illuminée,
Pleine de fleurs et galament ornée,
Lit ample et doux : on dirait que l'amour
A de fes mains arangé ce féjour.
Agnès tout bas louant la Providence
Dit, qu'il eft doux de faire pénitence.
    Après foupé (car je n'omettrai point
Dans mes recits ce noble et digne point.)
Befogne dit à la belle étrangére
Il eft nuit clofe, et vous favez ma chére,
Que c'eft le tems ou les efprits malins
Rodent par tout et vont tenter les Saints.
Il nous faut faire une œuvre profitable:
Couchons enfemble, afin que fi le Diable
Veut contre nous faire ici quelque effort,
Nous trouvant deux, le Diable en foit moins fort.
La Dame errante accepta la partie
Elle fe couche, et croit faire œuvre pie,
Croit qu'elle eft Sainte, et que le Ciel l'abfout ;
Mais fon deftin la pourfuivait partout.
Puis-je au Lecteur raconter fans vergogne ;
Ce que c'était que cette fœur Befogne ?
Il faut le dire, il faut tout publier.
La fœur Befogne était un Bachelier,

Qui d'un Hercule eut la force en partage.
Et d'Adonis le gracieux visage :
N'ayant encor que vingt ans et demi,
Blanc comme lait, et frais comme rosée,
La Dame Abesse en personne avisée
En avait fait depuis peu son ami.
Sœur Bachelier vivait dans l'Abaïe
En cultivant son ouaille jolie.
Ainsi qu'Achille en fille déguisé
Chez Licoméde était favorisé
Des doux baisers de sa Déidamie.

    La pénitente était à peine au lit
Avec sa sœur, soudain elle sentit,
Dans la Nonnain métamorphose étrange,
Assurément elle gagnait au change.
Crier, se plaindre, éveiller le couvent,
N'aurait été qu'un scandale imprudent.
Souffrir en paix, soupirer et se taire
Se résigner, est tout ce qu'on peut faire.
Puis rarement en cette occasion
On a le tems de la réflexion.
Quand sœur Besogne à sa fureur claustrale,
(Car on se lasse) eut mis quelque intervale,
La belle Agnès, non sans contrition
Fit en secret cette réflexion.
C'est donc en vain que j'eus toûjours en tête
Le beau projet d'être une femme honnête,
C'est donc en vain que l'on fait ce qu'on peut.
N'est pas toûjours femme de bien qui veut.

CHANT

CHANT NEUVIEME.

Les Anglais violent le Couvent : Combat
de Saint George Patron d'Angleterre
contre Saint Denis Patron de la France.

JE vous dirai sans harangue inutile,
  Que le matin nos deux charmants reclus
Lassés tous deux de plaisirs deffendus,
S'abandonnaient l'un vers l'autre étendus
Aux doux repos d'une ivresse tranquile.
Un bruit affreux déranga leur sommeil.
De tous côtés le flambeau de la guerre,
L'horrible mort éclaire leur réveil.
Près du couvent le sang couvrait la terre.
Cet escadron de Maladrins Anglais
Avait battu cet escadron Français.
Ceux-ci s'en vont à travers de la plaine :
Le fer en main, ceux-là volent après ;
Frapant, tuant, criant tous hors d'haleine
Mourez sur l'heure, ou rendez-nous Agnès.
Mais aucun d'eux n'en s'avait des nouvelles.
Le vieux Colin Pasteur de ces Cantons,
Leur dit, Messieurs, en gardant mes moutons
Je vis hier le miracle des belles,
Qui vers le soir entrait en ce moutier ;
Lors les Anglais se mirent à crier ;
Ah ! c'est Agnès, n'en doutons point, c'est elle ;
Entrons amis ; la Cohorte cruelle

Saute

Saute à l'inſtant deſſus ces murs bénis.
Voilà les loups au milieu des brebis.
Dans le Dortroir de Celule en Celule,
A la chapelle, à la Cave, en tout lieu.
Ces ennemis des Servantes de DIEU,
Attaquent tout ſans honte et ſans ſcrupule.
Ah! ſœur Agnès, ſœur Marton, ſur Urſule
Ou courez-vous ? levant les mains aux Cieux,
Le trouble au ſein, la mort dans vos beaux yeux!
Où fuyez vous Colombes gemiſſantes ?
Vous embraſſez de vos mains impuiſſantes,
Ce Saint Autel aſile redouté
Sacré garant de vôtre chaſteté.
C'eſt vainement dans ce péril funeſte
Que vous criez à vôtre époux céleſte.
A ſes yeux même, à ces mêmes Autels
Tendres Troupeaux, vos raviſſéurs cruels
Vont profaner la foi pure et ſacrée
Qu'au doux Jeſus vôtre bouche a jurée.
     Je ſçai qu'il eſt des Lecteurs bien mondains,
Gens ſans pudeur, ennemis des nonnains
Mauvais plaiſants, de qui l'Eſprit frivole
Oſe inſulter aux filles qu'on viole ;
Laiſſons-les dire ; helas, mes chéres ſœurs
Qu'il eſt affreux pour de ſi jeunes cœurs
Pour des beautez ſi ſimples, ſi timides,
De ſe débattre en des bras homicides,
De recevoir les baiſers dégoutans,
De ces félons de carnage fumants,
Qui d'un effort déteſtable et farouche
Les yeux en feu, le blaſphême à la bouche,
Mèlent l'horreur avec la volupté,
Et font l'amour avec férocité :
De qui l'haleine horrible, empoiſonnée

La barbe dure et la main forcenée,
Le corps hideux, le bras hoit et fanglant,
Semblent donner la mort en careſſant,
Et qu'on prendrait dans leurs fureurs étranges,
Pour des Démons qui violent des Anges.
Deja le crime aux regards effrontés
Contemple à nud ces dévotes beautés.
Sœur Rebondi ſi diſcrette et ſi ſage
Au fier Shipunk eſt tombée en partage :
Le dur Barclay, l'incrédule Warton
Sont tous les deux après ſœur Amidon.
On pleure, on crie, on jure, on preſſe, on cogne.
Dans le tumulte on voyait ſœur Beſogne
Se débatant contre Bard et Curton,
Qui la preſſaient ſans entendre raiſon.
Aimable Agnès dans la troupe affligée
Vous n'étiez pas pour être négligée :
Et vôtre fort objet charmant et doux,
Eſt à jamais de pêcher malgré vous.
Le Chef ſanglant de la Gent ſacrilége
Hardi vainqueur vous preſſe, vous affiége,
Et les ſoldats ſoumis dans leur fureur
Avec reſpect lui cédaient cet honneur.
    Le juſte Ciel en ſes décrets ſévéres
Met quelquefois un terme à nos miſéres.
Car dans le tems que Meſſieurs d'Albion
Avaient placé l'abomination
Tout au milieu de la ſainte Sion,
Du haut des Cieux le Patron de la France
Le bon Denis propice à l'innocence,
Crut échaper aux ſoupçons inquiets
Du fier Saint George ennemi des Français,
Du Paradis il vint en diligence.
Mais pour deſcendre au terreſtre ſéjour

Plus

Plus ne monta fur un rayon du jour ;
Sa marche alors aurait paru trop claire.
Il s'en alla vers le DIEU du miſtère,
DIEU ſage et fin, grand ennemi du bruit,
Qui partout vôle et ne va que de nuit.
Il favoriſe (et certes c'eſt dommage)
Force fripons ; mais il conduit le ſage ;
Il eſt ſans ceſſe à l'Egliſe, à la Cour ;
Au tems jadis il a guidé l'amour.
Il mit d'abord au milieu d'un nuage
Le Bon Denis ; puis il fit le voyage
Par un chemin ſolitaire, écarté,
Parlant tout bas, et marchant de côté.
Des bons Français le protecteur fidèle
Non loin de Blois rencontra la pucelle,
Qui ſur le dos de ſon gros muletier
Gagnait pays par un petit ſentier,
En priant DIEU qu'une heureuſe avanture
Lui fit enfin retrouver ſon armure.
Tout du plus loin que Saint Denis la vit,
D'un ton bénin le bon Patron lui dit ;
O! ma pucelle, ô vierge deſtinée
A protéger les filles et les Rois,
Viens ſecourir la pudeur aux abois ;
Viens reprimer la rage forcenée ;
Viens, que ce bras vangeur des fleurs de Lys
Soit le ſauveur de mes tendrons bénis :
Voi ce Couvent ; le tems preſſe, on viole :
Viens ma pucelle ; il dit et Jeanne y vole.
Le cher Patron lui ſervant d'écuier,
A coup de fouet hâtait le muletier.
Vous voici Jeanne au milieu des infames
Qui polluoient ces vénérables Dames.
Jeanne était nuë ; un Anglais impudent

Vers

Vers cet objet tourne foudain la tête.
Il la convoite : il penfe fermement
Qu'elle venait pour être de la fête.
Vers elle il court, et fur fa nudité
Il va cherchant la fale volupté.
On lui répond d'un coup de cimeterre
Droit fur le nez. L'infame roule à terre,
Jurant ce mot des Français révéré,
Mot énergique, au plaifir confacré,
Mot que fouvent le profane vulgaire
Indignement prononçe en fa colère.
Jeanne à fes pieds foulant fon corps fanglant,
Criait tout haut à ce peuple méchant :
Ceffez cruels, ceffez troupe profane,
O violeurs, craignez DIEU ; craignez Jeanne.
Ces mécrêans au grand œuvre attachés
N'écoutaient rien, fur leurs nonains nichés ;
Tels des ânons broutent des fleurs naiffantes
Malgré les cris du maitre et des fervantes.

Jeanne qui voit leurs impudents travaux,
De grande horreur faintement tranfportée,
Invoquant DIEU, de Denis affiftée
Le fer en main vole de dos en dos,
De nuque en nuque, et d'échine en échine,
Frapant, perçant de fa lance divine ;
Pourfendant l'un alors qu'il commençait,
Dépêchant l'autre alors qu'il finiffait :
Et moiffonnant la cohorte félonne,
Si, que chacun fut perché fur fa none,
Et perdant l'ame au fort de fon défir
Allait au Diable en mourant de plaifir.
Le fier Warton dont la lubrique rage
Avait en bref confommé fon ouvrage,
Le fier Warton fut le feul écuier,

Qui de ſa none ôſa ſe délier,
Et droit en pied, reprenant ſon armure
Attendit Jeanne et changea de poſture.
O vous grand ſaint protecteur de l'état
Bon Saint Denis témoin de ce combat
Daignez redire à ma muſe fidèle
Ce qu'à vos yeux fit alors la pucelle.
Jeanne d'abord frémit, s'émerveilla ;
Mon cher Denis ? mon Saint que vois-je là ?
Mon corſelet, mon armure céleſte,
Ce beau préſent que tu m'avais donné
Brille à mes yeux au dos de ce damné ?
Il a mon caſque, il à ma ſoubreveſte.
Il était vrai, la Jeanne avait raiſon.
La belle Agnês en troquant de jupon
De cette armure en ſecret habillée
Par Jean Chandos fut biéntôt dépouillée.
Iſaac Warton Ecuier de Chandos,
Prit cet armure et s'en couvrit le dos ;
Et D i e u permit qu'en ce jour la pucelle
Contre Warton combattit pour icelle.
Le fier Anglais de fer enharnaché
Eut a ſon tour l'Ame bien ſtupefaite
Quand il ſe vit ſi richement chargé
Par une jeune et fringante brunette.
La voyant nue il eut un grand remords :
Sa main tremblait de bleſſer ce beau corps.
Et de la belle admirant les treſors,
Il recula quatre pas en arrière,
Dans ce momeur il eut voulu lui plaire.
Saint George alors au ſein du Paradis
Ne voyant plus ſon confrére Denis,
Se douta bien que le Saint de la France

P

Portait aux fiens fa divine affiftance.
Il promenait fes regards inquiets
Dans les recoins du célefté Palais.
Sans balançer auffitôt il demande
Son beau cheval connu dans la légende:
Le cheval vint; George le bien monté,
La lance au poing et le fabre au côté,
Va parcourant cet éffroyable efpace,
Que des humains veut mefurer l'audace ;
Ces Cieux divers, ces globes lumineux
Que fait tourner *René* le fonge creux,
Dans un amas de fubtile pouffiére :
Beaux tourbillons que l'on ne connoit guère,
Et que Newton rêveur bien plus fameux
Fait tournoyer fans bouffole et fans guide
Autour de rien, tout au milieu du vuide.
George enflammé de dépit et d'orgueil
Franchit ce vuide, arrive en un clein d'œil
Devers les lieux arrofés par la Loire
Où Saint Denis croyait chanter victoire.
Ainfi l'on voit dans la profonde nuit
Une cométe en fa longue carrière
Etinceller d'une horrible lumière.
On voit fa queuë, et le peuple frémit ;
Le Pape en tremble, et la terre étonnée
Croit que les vins vont manquer cette année.
    Tout du plus haut que Saint George aperçut
Monfieur Denis, de colère il s'émut ;
Et brandiffant fa lance meurtriére,
Il dit ces mots dans le vrai goût d'Homère.
" Denis, Denis! rival faible et hargneux,
" Timide apui d'un parti malheureux,
" Tu defcends donc en fecret fur la terre

" Pour égorger mes Héros d'Angleterre ?
" Crois-tu changer les ordres du deftin
" Avec ton âne et ton bras féminin ?
" Ne crains-tu pas que ma jufte vengeance
" Puniffe enfin, toi, ta fille et la France ?
" Ton trifte chef branlant fur ton col te
" S'eft déja vû féparé de ton corps.
" Je veux t'ôter aux yeux de ton Eglife,
" Ta tête chauve en fon lieu mal remife,
" Et t'envoyer vers les murs de Paris
" Digne Patron des Badauts attendris,
" Dans ton fauxbourg, où l'on chôme ta fête,
" Tenir encor et rebaifer ta tête.
Le bon Denis levant les mains aux Cieux
Lui répondit d'un ton tendre et piteux:
O grand Saint George ! ô mon puiffant confrère !
Veux tu toûjours écouter ta colère ?
Depuis le tems que nous fommes au Ciel
Ton cœur dévot eft tout pétri de fiel.
Nous faudra-t-il, bien heureux que nous fommes
Saints enchâffés, tant fêtés chez les hommes,
Nous qui devons l'exemple aux Nations
Nous décrier par nos divifions ?
Veux-tu porter une guerre cruelle
Dans le féjour de la paix éternelle ?
Jufques à quand les Saints de ton pays
Mettront-ils donc le trouble en Paradis ?
O fiers Anglais, gens toujours trop hardis,
Le Ciel un jour à fon tour en colère
Se laffera de vos façons de faire.
Le Ciel n'aura (grace à vos foins jaloux)
Plus de dévots qui viennent de chez vous.
Malheureux Saint, pieux atrabilaire,

Pa-

Patron maudit d'un peuple fanguinaire,
Sois plus traitable, et pour DIEU laiffe moi
Sauver la France, et fécourir mon Roi.

A ce difcours George bouillant de rage
Sentit monter le rouge à fon vifage :
Et des Badauts contemplant le Patron
Il redoubla de forçe et de courage,
Car, il prenait Denis pour un poltron.
Il fond fur lui tel qu'un puiffant Faucon
Vole de loin fur un tendre Pigeon.
Denis recule et prudent il appelle
A haute voix fon âne fi fidèle,
Son âne ailé fa joye et fon fecours.
Viens, criait-il, viens deffendre ma vie.
L'animal Saint revenait d'Italie
En ce moment ; et moi conteur fuccinct
Dirai bientôt ce qui fit qu'il revint.
A fon Denis dos et felle il préfente.
Nôtre Patron fur fon âne élancé,
Sentit foudain fa valeur renaiffante.
Subtilement il avait ramaffé
Le fer fanglant d'un Anglais trépaffé.
Lors brandillant le fatal cimeterre
Il pouffe à George, il le preffe, il le ferre.
George indigné lui fait tomber en bref
Trois horions fur fon malheureux chef :
Tous font parés. Denis garde fa tête,
Et de fes coups fait tomber la tempête
Sur le Cheval et fur le Cavalier.
Le feu jaillit fur l'élaftique acier.
Les fers croifés et de taille et de pointe
A tout moment vont au fort du combat
Chercher le cou, le cafque, le rabat

Et

Et l'auréole, et l'éndroit délicat
Où la cuirasse à l'éguillette est jointe.
Tous deux tenaient la victoire en suspens :
Quand de sa voix terrible et discordante
L'âne entonna sa musique écorchante.
Le Ciel en tremble ; écho du fond des bois
En frémissant respecte cette voix.
George pâlit : Denis d'une main leste
Fait une feinte, et d'un revers céleste
Tranche le nez du grand Saint d'Albion :
Le bout sanglant roule sur son arçon.
George sans nez, mais non pas sans courage,
Vange à l'instant l'honneur de son visage,
Et jurant DIEU selon les nobles *us*
De ses Anglais, d'un coup de cimeterre
Coupe à Denis ce que jadis Saint Pierre
Certain Jeudi fit tomber à *Malchus*.
A ce spectacle, à la voix empoulée
De l'âne saint, à ses terribles cris
Tout fut ému dans les divins lambris.
Le beau portail de la voute étoilée
S'ouvrit alors, et des arches du Ciel
On vit sortir l'Arcange Gabriel.
Qui soutenu sur ses brillantes ailes
Fend doucement les plaines éternelles,
Portant en main la verge qu'autrefois
Devers le Nil eut le divin Moïse,
Quand dans la mer suspendue et soumise
Il engloutit les peuples et les Rois.
Que vois-je ici, cria-t-il en colère !
Deux Saints Patrons ! deux enfans de lumière !
Du DIEU de paix confidens éternels
Vont s'échigner comme de vils mortels ?

Laîs-

Laiſſez, laiſſez aux ſots enfans des femmes
Les paſſions et le fer et les flammes:
Abandonnez à leur profane ſort
Les corps chétifs de ces groſſières âmes
Nès dans la fange et formés pour la mort.
Mais vous, enfans qu'au ſéjour de la vie
Le Ciel nourit de ſa pure ambroſie,
Etes-vous las d'être trop fortunés?
Etes-vous fous? Ciel! une oreille; un nez!
Vous que la grace et la miſéricorde
Avaient formés pour prêcher la concorde!
Pouvez-vous bien de je ne ſcai quel Rois
En étourdis embraſſer la querelle?
Ou renoncez à la voute éternelle,
Ou dans l'inſtant qu'on ſe rende à mes loix:
Que dans vos cœurs la charité s'éveille.
George inſolent, ramaſſez cette oreille,
Ramaſſez, dis-je: et vous Monſieur Denis
Prenez ce nez avec vos doigts bénis:
Que chaque choſe en ſon lieu ſoit remiſe.
Denis ſoudain va d'une main ſoumiſe
Rendre le bout au nez qu'il fit camus.
George à Denis rend l'oreille dévotte
Qu'il lui coupa.   Chacun des deux marmotte
A Gabriel un gentil *Orémus*.
Tout ſe rajuſte; et chaque cartilage
Va ſe plaçer à l'air de ſon viſage.
Sang, fibres, chair, tout ſe conſolida,
Et nul veſtige aux deux Saints ne reſta
De nez coupé, ni d'oreille abattuë:
Tant les Saints ont la chair ferme et dodüe.
Puis Gabriel d'un ton de Préſident
Cà, qu'on s'embraſſe. Il dit, et dans l'inſtant

Le

Le bon Denis sans fiel et sans colère
De bonne foi baisa son adversaire ;
Mais le fier George en l'embrassant jurait,
Et promettait que Denis le pairait.
Le bel Arcange après cette ambrassade
Prend mes deux Saints ; et d'un air gracieux,
A ses côtés les fait voguer aux Cieux,
Où de Nectar on leur verse razade.
    Peu de Lecteurs croiront ce grand combat.
Mais sous les murs qu'arrosait le Scamandre
N'a-t-on pas vu jadis avec éclat
Les Dieux armés, de l'Olimpe descendre ?
N'a-t-on pas vu chez le sage Milton
D'Anges aîlés toute une Légion
Rougir de sang les célestes campagnes,
Jetter au nez quatre ou cinq cent montagnes,
Et qui pis est, avoir du gros canon ?
Pardonnez moi ce peu de fiction
Qui sous les noms de Denis et de George
Vous a dépeint les peuples d'Albion,
Et les Francais qui se coupaient la gorge.
    Mais dans le Ciel si la paix revenait,
Il en était autrement sur la terre,
Séjour maudit de discorde et de guerre.
Le bon Roi Charle en cent endroits courait,
Nommait Agnès, la cherchait, et pleurait.
Et cependant Jeanne la foudroyante
De son épée invincible et sanglante
Au fier Warton le trépas préparait ;
Elle l'atteint vers l'énorme partie
Dont cet Anglais pollua le Couvent.
Warton chancéle, et son glaive tranchant
Quitte sa main par la mort engourdie.
Il tombe, et meurt en reniant les Saints.

Le

Le vieux troupeau des antiques Nonains
Voyant aux pieds de l'Amazone Augufte,
Le Chevalier fanglant et trébuché,
Difant *ave*, s'écriait ; il eft jufte
Qu'on foit puni par où l'on a péché.
Sœur Rebondi qui dans la facriftie
A fuccombé fous le vainqueur impie,
Pleurait le traitre en rendant grace au Ciel ;
Et mefurant des yeux le criminel,
Elle difait d'une voix charitable ;
Hélas ! hélas ! nul ne fut plus coupable.

CHANT

CHANT DIXIEME.

*Monrose tuë l'Aumonier. Charles retrouve
Agnès qui se consolait avec Monrose dans
le Chateau de Cutendre.*

J'Avais juré de laisser la morale,
 De conter net, de fuir les longs discours:
Mais que ne peut ce grand DIEU des amours!
Il est bavard et ma plume inégale
Va griffonnant de son bec effilé
Ce qu'il inspire à mon cerveau brulé,
Jeunes beautés, filles, veuves, ou femmes,
Qu'il enrola sous ses drapeaux charmants,
Vous qui lancez et recevez ses flammes,
Or dites moi, quand deux jeunes amans
Egaux en grace, en mérite, en talents;
Au doux plaisir tous deux vous sollicitent,
Egalement vous pressent, vous excitent,
Mettent en feu vos sensibles apas;
Vous éprouvez un étrange embarras,
Connaissez vous cette histoire frivole
D'un certain âne, illustre dans l'école ?
Dans l'écurie on vient lui présenter
Pour son diner deux mesures égales
De même forme, à pareils intervales,
Des deux côtés l'ane se vit tenter
Egalement, et dressant ses oreilles
Juste au milieu des deux formes pareilles

Q   De

De l'équilibre accompliſſant les Loix,
Mourut de faim de peur de faire un choix.
N'imitez pas cette philoſophie
Daignez plutôt honorer tout d'un tems
De vos bontez nos deux jeunes amants,
Et gardes vous de riſquer vôtre vie.
   A quelque pas de ce joli couvent
Si pollué, ſi triſte, et ſi ſanglant,
Où le matin vingt Nones affligées
Par l'Amazone ont été trop vangées,
Près de la loire était un vieux chateau
A pont-levis, machicoulis, tourelles,
Un long canal tranſparant, à fleur d'eau,
En ſerpentant tournait au pied d'icelles,
Puis embraſſait en quatre cent jets d'arc
Les murs épais qui deffendaient le parc.
Un vieux Baron ſurnommé de Cutendre
Etait Seigneur de cet heureux logis.
En ſureté chacun pouvait s'y rendre.
Le vieux Seigneur dont l'ame eſt bonne et tendre,
En avait fait l'azile du pays.
Français, Anglais, tous étaient ſes amis.
Tout voyageur en coche, en botte, en guêtre,
Ou Prince, où moine, oû none, ou turc, ou prêtre,
Y recevaient un accueil gracieux.
Mais il falait qu'on entrat deux à deux ;
Car tout Baron a quelque fantaiſie.
Et celui ci pour jamais réſolut
Qu'en ſon Châtel en nombre pair on fut :
Jamais impair. Telle était ſa folie.
Quand deux-à-deux on abordait chez lui,
Tout allait bien : mais malheur à celui
Qui venait ſeul en ce logis ſe rendre,
Il ſoupait mal ; il lui fallait attendre

Qu'un

Qu'un compagnon format ce nombre heureux
Nombre parfait qui fait que deux font deux.
    La fiére Jeanne ayant repris fes armes
Qui cliquetaient fur fes robuftes charmes,
Devers la nuit y conduifit au frais
En devifant la belle et douce Agnès.
Cet Aumonier qui la fuivait de près
Cet Aumonier ardent, infatiable
Arrive aux murs du logis charitable.
Ainfi qu'un loup qui mâche fous fa dent
Le fin duvet d'un jeune agneau bélant,
Plein de l'ardeur d'achever fa curée
Va du bercail efcalader l'entrée :
Tel enflammé de fa lubrique ardeur
L'Oeil tout en feu l'Aumonier raviffeur
Allait cherchant les reftes de fa joye
Qu'on lui ravit lorfqu'il tenait fa proye.
Il fonne : il crie, on vient ; on aperçut
Qu'il était feul ; et foudain il parut
Que ces deux bois dont les forces mouvantes
Font ébranler les folives tremblantes
Du pont levis, par les airs s'êlevaient,
Et s'élevant le pont levis hauffaient.
A ce fpectacle, à cet ordre du maître,
Qui jura Dieu ? ce fut mon vilain prêtre.
Il fuit de L'œil les deux mobiles bois !
Il tend les mains, veut crier, perd la voix.
On voit fouvent du haut d'une goutiêre
Defcendre un chat auprès d'une voliére
Tendant la griffe a travers des barreaux,
Qui contre lui deffendent les oifeaux,
Il fuit de l'œil cette efpèce emplumée
Qui fe tapit au fond d'une ramée.
Nôtre Aumonier fut encor plus confus

Alors

Alors qu'il vit sous des ormes touffus
Un beau jeune homme à la tresse dorée,
Au sourcil noir, à la mine assurée,
Aux yeux brillants, au menton cotonné,
Au teint fleuri par les graces orné,
Tout raïonnant des couleurs du bel âge :
C'était l'amour ou c'était mon beau page,
C'était Monrose. Il avait tout le jour,
Cherché l'objet de son naissant amour.
Dans le Couvent reçu par les Nonnettes,
Il aparut à ces filles discrettes,
Non moins charmant que l'Ange Gabriel,
Pour dire *ave* venant du haut du Ciel.
Les tendres sœurs voyant le beau Monrose
Sentaient rougir leurs visages de rose,
Disant tout bas : ah ! que n'était-il là,
DIEU paternel quand on nous viola !
Toutes en cercle autour de lui se mirent
Parlant sans cesse, et lorsqu'elles aprirent
Que ce beau Page allait chercher Agnès,
On lui donna le coursier le plus frais,
Avec un guide ; afin que sans esclandre
Il arrivat au Chateau de Cutendre.
En arrivant il vit près du chemin
Non loin du pont l'Aumonier inhumain.
Lors tout émû de joye et de colère
Ah ! c'est donc toi, prêtre de Belzébut !
Je jure ici Chandos et mon salut,
Et plus encor les yeux qui m'ont sçu plaire,
Que tes forfaits vont enfin se payer.
Sans repartir le bouillant Aumonier
Prend d'une main par la rage tremblante
Un Pistolet, en presse la détente,
Lé chien s'abat, le feu prend, le coup part ;

Le

Le plomb chaffé fiflle et vole au hazard,
Suivant au loin la ligne mal mirée
Que lui traçait une main égarée,
Le page vife, et par un coup plus fur
Atteint le front, ce front horrible et dur,
Ou fe peignait une ame déteftable.
L'Aumonier tombe; et le page vainqueur
Sentit alors dans le fond de fon cœur
De la pitié le mouvement aimable.
Hélas ! dit-il, meurs du moins en Chrêtien;
Dis *Te Deum*, tu vécus comme un chien :
Demande au Ciel pardon de ta Luxure,
Prononce *Amen*, donne ton âme à DIEU.
Non, répondit le maraut à tonfure
Je fuis damné, je vais au Diable: adieu.
Il dit et meurt : fon ame déloiable
Alla groffir la cohorte infernale.

    Tandis qu'ainfi ce monftre impenitent
Allait rotir aux brafiers de Satan,
Le bon Roi Charle accablé de triftesse
Allait cherchant fon errante maitreffe :
Se promenant pour calmer fa douleur
Devers la Loire avec fon confeffeur.

    Il faut ici, Lecteur, que je remarque
En peu de mots ce que c'eft qu'un Docteur,
Qu'en fa jeuneffe un amoureux Monarque
Par étiquette a pris pour directeur.
C'eft un mortel tout pétri d'indulgence,
Qui doucement fait pancher dans fes mains,
Du bien, du mal, la trompeufe balance,
Vous mêne au Ciel par d'aimables chemins
Et fait pêcher fon Maître en confcience :
Son ton, fes yeux, fon gefte, compofant,
Obfervant tout, flattant avec adreffe

Le favori, le maître, la maîtreſſe :
Toujours accort, et toujours complaiſant.
Le confeſſeur du Monarque Gallique
Etait un fils du bon Saint Dominique :
Il s'apellait le Pére Bonnifoux,
Homme de bien, ſe faiſant tout à tous.
Il lui diſait d'un ton devot et doux,
Que je vous plains ! la partie animale
Prend le deſſus : La choſe eſt bien fatale.
Aimer Agnès eſt un péché vraiment ;
Mais ce péché ſe pardonne aiſément :
Au tems jadis il était fort en vogue.
Chez les Hebreux malgré le Décalogue,
Cet Abraham, ce pére des Croïans
Avec Agar s'aviſa d'être père :
Car, ſa ſervante avait des yeux charmants
Qui de Sara méritaient la colère.
Jacob le juſte épouſa les deux ſœurs :
Tout Patriarche a connu les douceurs
Du changement dans l'amoureux miſtère.
Le vieux Booz entre ſes draps reçut
Après moiſſon la bonne et ſage Rut,
Et ſans compter la belle Betzabée
Du bon David l'ame fut abſorbée
Dans les plaiſirs de ſon ample ſerrail.
Son vaillant fils, fameux par ſa criniére
Un beau matin par grace ſinguliére
Vous repaſſa tout ce gentil bercail.
De Salomon vous ſavez le partage.
Comme un Oracle on écoutait ſa voix,
Il ſcavait tout : et des Rois le plus ſage
Etait pourtant le plus paillard des Rois.
    De leurs péchés ſi vous ſuivez la trace,
Si vos beaux ans ſont livrés à l'amour,

Con-

Confolez-vous ; la fageffe a fon tour.
Jeune on s'égare, et vieux on obtient grace.
   Ah ! dit Charlot, ce difcours eft fort bon !
Mais que je fuis bien loin de Salomon !
Que fon bonheur augmente mes détreffes !
Pour fes ébats il eut fept cent maitreffes.
Je n'en ay qu'une, hélas ! je ne l'ai plus !
Des pleurs alors fur fon nez repandus
Interrompaient fa voix tendre et plaintive :
Lorfqu'il avife, en tournant vers la rive
Sur un cheval trottant d'un pas hardi
Un manteau rouge, un ventre rebondi,
Un vieux rabat : c'etait Bonneau lui même.
Un chacun fait qu'après l'objet qu'on aime,
Rien n'eft plus doux pour un parfait amant,
Que de trouver fon très cher confident.
Le Roi perdant et reprenant haleine.
Crie à Bonneau, quel diable te ramène ?
Que fait Agnès ? dis : d'ouviens-tu ? quels lieux
Sont embelis, éclairez par fes yeux ?
Ou la trouver ? dis-donc : reponds-donc ; parle.
Aux queftions qu'enfilait le Roi Charle,
Le bon Bonneau conta de point en point
Comme il avait été mis en pourpoint,
Comme il avait fervi dans la cuifine,
Comme il avait par fraude clandeftine
Et par miracle à Chandos échapé,
Quand a fe battre on était occupé :
Comme on cherchait cette beauté divine,
Sans rien omettre il raconta très bien
Ce qu'il favait ; mais il ne favait rien.
Il ignorait la fatale avanture,
Du prêtre Anglais la brutale luxure,
Du page aimé l'amour refpectueux,

Et du Couvent le fac inceftueux.
Après avoir bien expliqué leurs craintes,
Repris cent fois le fil de leurs complaintes,
Maudit le fort et des cruels Anglais,
Ils étaient tous plus triftes que jamais.
Il était nuit ; le char de la grande ourfe,
Vers fon Nadir, avait fourni fa courfe.
Le Jacobin dit au Prince penfif,
Il eft bien tard ! foiez mémoratif
Que tout mortel, Prince, ou moins à cette heure
Devrait chercher quelque honête demeure
Pour y fouper et pour paffer la nuit.
Le trifte Roi par le moine conduit,
Sans rien répondre, et ruminant fa peine
Le cou panché galoppe dans la plaine :
Et bientôt Charle et le prêtre et Bonneau
Furent tous trois aux foffés du chateau.

   Non loin du pont était l'aimable page
Lequel ayant jetté dans le canal
Le corps maudit de fon damné rival,
Ne perdait point l'objet de fon voyage.
Il dévorait en fecret fon ennui
Voyant ce pont entre fa Dame et lui.
Mais quand il vit aux rayons de la Lune
Les trois Français, il fentit que fon cœur
Du doux efpoir éprouvait la chaleur :
Et d'une grace adroite et non commune
Cachant fon nom, et fur-tout fon ardeur !
Dès qu'il parut, dès qu'il fe fit entendre
Il infpira je ne fai quoi de tendre ;
Il plut au Prince, et le moine bénin
Le caraiffait de fon air patelin,
D'un œil dévot et du plat de la main.
Le nombre pair étant formé de quatre

On vit bientôt les deux fléches abattre
Le pont mobile ; et les quatre courfiers
Font en marchant gémir les madriers.
Le gros Bonneau tout effouflé chemine :
En arrivant droit devers la cuifine,
Songe au foupér.   Le moine au même lieu,
Dévotement en rendit grace à DIEU.
Charle prenant un nom de Gentilhomme
Court à Cutendre avant qu'il prit fon fome.
Le bon Baron lui fit fon compliment,
Puis le mena dans fon apartement.
Charle a befoin d'un peu de folitude ;
Il veut jouïr de fon inquietude :
Il pleure Agnés.   Il ne fe doutait pas
Qu'il fut fi près de fes jeunes apas.
Le beau Monrofe en fut bien d'avantage :
Avec adreffe il fit caufer un page ;
Il fe fit dire ou repofait Agnès.
Remarquant tout avec des yeux difcrets ;
Ainfi qu'un chat qui d'un regard avide
Guette au paffage une fouris timide,
Marchant tous doux, la terre ne fent pas
L'impreffion de fes pieds délicats.
Dès qu'il l'a vuë il a fauté fur elle.
Ainfi Monrofe avançant vers la belle
Etend un bras, puis avance à tâtons
Pofant l'orteil, et hauffant les talons.
Agnès, Agnès, il entre dans ta chambre.
Moins promptement la paille vole à l'ambre,
Et le fer fuit moius fimpatiquement
Le tourbillon qui l'unit à l'aimant.
Le beau Monrofe en arrivant fe jette
A deux genoux au bord de la couchette,
Ou fa maîtreffe avait entre deux draps

R.   Pour

Pour fommeiller arrangé fes apas.
De dire un mot aucun deux n'eut la force
Ni le loifir ; le feu prit à l'amorce,
En un clein d'œil.   Un baifer amoureux
Unit foudain leurs bouches demi clofes
Leur ame vint fur leurs lévres de rofes.
Un tendre feu fortoit de leurs beaux yeux.
Dans leurs baifers leurs langues fe chercherent:
Qu'éloquemment alors elles parlerent !
Difcours muets, langage des defirs.
Charmant prélude, organe des plaifirs
Pour un moment il vous fallut fufpendre
Ce doux concert et ce duo fi tendre.
Agnès aida Monrofe impatient
A dépouiller, à jetter promptement
De fes habits l'incommode parure ;
Déguifement qui péfe à la nature :
Dans l'age d'or aux mortels inconnu,
Que hait furtout un DIEU qui va tout nû.
Dieux ! quel objets ! eft-ce Flore et Zephire ?
Eft-ce Pfiché qui careffe l'amour ?
Eft-ce Vénus que le fils de Cinire,
Tient dans fes bras loin des rayons du jour,
Tandis que Mars eft jaloux et foupire ?
Le Mars Français, Charle au fond du chateau
Soupire alors avec l'ami Bonneau,
Mange à regret et boit avec trifteffe.
Un vieux valet bavard de fon métier
Pour égayer fa taciturne Alteffe
Apprit au Roi fans fe faire prier,
Que deux beautez, l'une robufte et fiere
Aux cheveux noirs à la mine guerrière,
L'autre plus douce, aux yeux bleus, au teint frais,
Couchaient alors dans la gentilhommière :

Charle

Charle étonné les foupçonne à ces traits:
Il fe fait dire et puis redire encore
Quels font les yeux, la bouche, les cheveux
Le doux parler, le maintien vertueux
Du cher objet de fon cœur amoureux.
C'eft elle enfin, c'eft tout ce qu'il adore ;
Il en eft fur, il quitte fon repas :
Adieu Bonneau, je cours entre fes bras.
Il dit, et vole et non pas fans francas.
Il était Roi cherchant peu le miftère.
Plein de fa joye il repette et redit
Le nom d'Agnès tant qu'Agnès l'entendit.
Le couple heureux en trembla dans fon lit.
Que d'embarras? comment fortir d'affaire ?
Voici comment le beau Page s'y prit.

    Pres du Lambris dans une grande armoire,
On avait mis un petit oratoire ;
Autel de poche, où lorfque l'on voulait
Pour quinze fous un Capucin venait,
Sur le rétable en voute pratiquée
Eft une niche en attendant fon Saint.
D'un rideau vert la niche était mafquée.
Que fait Monrofe ? un beau penfer lui vint
De s'ajufter dans la niche facrée
En bien heureux : derrière le rideau,
Il fe tapit, fans tourpoint, fans manteau.
Le Roi s'avance, et prefque des l'entrée
Il faute au cou de fa belle adorée ;
Et tout en pleurs il veut jouïr des droits
Qu'ont les Amans, fur tout quand ils font Rois]
Le Saint caché frémit à cette vûe,
Il fait du bruit et la table remuë.
Roi s'avance, il y porte la main
Il fent un corps, il recule, il s'écrie :

Amour,

Amour, Satan, Saint François, Saint Germain,
Moitié frayeur, et moitié jaloufie :
Puis tire à lui ; fait tomber fur l'autel
Avec grand bruit le rideau fous lequel
Se blotiffait cette aimable figure
Qu'a fon plaifir façonne la nature.
Son dos tourné par pudeur étalait
Ce que Céfar fans pudeur foumettait
A Nicoméde en fa belle jeuneffe,
Ce que jadis le Héros de la Grèce
Admira tant dans fon Epheftion,
Ce qu'Adrien mit dans le Panthéon.
Que les Héros, ô Ciel ! ont de faibleffe !
Si mon Lecteur n'a point perdu le fil
De cette hiftoire, au moins fe fouvient-il
Que dans le camp la courageufe Jeanne
Traça jadis au bas du dos profane
D'un doigt conduit par Monfieur Saint Denis
Adroitement trois belles fleurs de Lys.
Cet écuffon, ces Saint nud, ce derrière
Emurent Charle : il fe mit en prière.
Il croit que c'eft un tour de Belzébut.
De repentir et de douleur atteinte,
La belle Agnès s'évanouit de crainte.
Le Prince alors dont le trouble s'acrut,
Lui prend les mains ; qu'on vole ici vers elle,
Accourez tous ; le Diable eft chez ma belle.
Aux cris du Roi le Confeffeur troublé
Non fans regret quitte auffitot la table ;
L'ami Bonneau monte tout éffouflé :
Jeanne s'éveille, et d'un bras redoutable
Prenant ce fer que la victoire fuit,
Cherche l'endroit d'ou partait tout le bruit ;
Et cependant le Baron de Cutendre
Dormait à l'aife et ne put rien entendre.

CHANT

CHANT ONZIEME.

Sortie du Chateau de Cutendre. Combat de la Pucelle et de Jean Chandos : étrange loi du combat à la quelle la Pucelle est soumise ; vision, miracle qui sauve l'honneur de Jeanne.

EN accourant la fiére Jeanne d'Arc
D'une lucarne aperçut dans le parc
Cent palefrois, une brillante troupe
De Chevaliers portant Dames en croupe,
Et d'Ecuyers qui tenaient dans leurs mains
Tout l'attirail des combats inhumains ;
Cent boucliers où des nuits la courière
Reflèchiffait fa tremblante lumière ;
Cent cafques d'or d'aigrettes ombragés,
Et les longs bois d'un fer pointu chargés,
Et des rubans dont les touffes dorées
Pendaient au bout des lances acérées.
Voyant cela Jeannne crut fermement
Que les Anglais avaient furpris *Cutendre :*
Mais Jeanne d'Arc fe trompa loudement.
En fait de guerre on peut bien fe méprendre
Ainfi qu'ailleurs. Mal voir et mal entendre
De l'Héroine était fouvent le cas,
Et Saint Denis ne l'en corrigea pas.
Ce n'était point des enfans d'Angleterre

Qui de Cutendre avaient furpris la terre ;
C'était Dunois, de Milan revenu ;
Le grand Dunois à Jeanne fi connu,
Qui ramenait la belle Dorothée,
Elle était d'aife et d'amour tranfportée ;
Elle en avait fujet affurément :
Car auprès d'elle était fon cher Amant.
Ce cher Amant, ce tendre la Trimouille
Pour qui fon œil de pleurs fouvent fe mouille,
L'ayant cherchée à travers cent combats
L'avait trouvée et ne la quittait pas.
En nombre pair cette troupe dorée
Dans le chateau la nuit était entrée.
Jeanne y vola : le bon Roi qui la vit
Crut qu'elle allait combattre, et la fuivit ;
Et dans l'erreur qui trompait fon courage,
Il laiffe encor Agnés avec fon Page.
O Page heureux ! et plus heureux cent fois
Que le plus grand, le plus Chrétien des Rois,
Que de bon cœur alors tu rendis grace
Au benoit Saint dont tu tenais la place !
Il te fallut r'habiller promptement :
Tu rajuftas ta trouffe diaprée,
Agnès t'aidait d'une main timorée
Qui s'égarait et fe trompait fouvent.
Que de baifers fur fa bouche de rofe
Elle reçut en r'habillant Monrofe !
Que fon bel œil le voyant rajufté,
Semblait encor chercher la volupté !
Monrofe au parc defcendit fans rien dire,
Le Confeffeur tout faintement foupire
Voyant paffer ce beau jeune garçon,
Qui lui donnait de la diftraction.
La douce Agnès compofoit fon vifage,

Ses

Ses yeux, son air, son maintien, son langage.
Auprès du Roi Bonifoux se rendit,
Le consola, le rassura, lui dit :
Que dans la niche, un envoyè céleste
Etait d'enhaut venu pour annoncer
Que des Anglais la puissance funeste
Touchait au terme, et que tout doit passer ;
Que le Roi Charle obtiendrait la victoire.
Charle le crut, (car il amait à croire.)
La fière Jeanne appuya ce discours :
Du Ciel, dit-elle, acceptons le secours ;
Venez, grand Prince, et rejoignons l'armée,
De vôtre absence à bon droit alarmée.

Sans balançer la Trimouille et Dunois
De cet avis furent à haute voix.
Par ces Héros la belle Dorothée
Honnêtement au Roi fui présentée :
Agnès la baise ; et le noble escadron
Sortit enfin du logis du Baron.

Le juste Ciél aime souvent à rire
Des passions du sublunaire empire.
Il regardait cheminer dans les champs
Cet escadron de Héros et d'Amants.
Le Roi de France allait près de sa belle
Qui s'offorçant d'être toujours fidèlle,
Sur son cheval la main lui presentait,
Serrait le sienne, exhalait sa tendresse ;
Et cependant, ô comble de faiblesse !
De tems en tems le beau page lorgnait.
Le Confesseur psalmodiant, suivait :
Des voyageurs récitait la prière,
S'interrompait en voyant tant d'atraits,
Et regardait avec des yeux distraits
Le Roi, le Page, Agnès, et son bréviaire.

Tout

Tout brillant d'or, et le cœur plein d'amour
Ce la Trimouille ornement de la Cour
Caracollait auprès de Dorothée,
Yvre de joye et d'amour transportée,
Qui le nommait son cher libérateur,
Son cher amant, l'idole de son cœur.

Jeanne auprès d'eux, ce fier soutien du Trône,
Portant corset et jupon d'Amazone,
Le chef orné d'un petit chapeau vert,
Enrichi d'or et de plumes couvert,
Sur son fier âne étalait ses gros charmes,
Parlait au Roi, courait, allait le pas,
Se rengorgeait, et soupirait tout bas
Pour le Dunois compagnon de ses armes :
Car elle avait toujours le cœur ému
Se souvenant de l'avoir vû tout nû.

Bonneau, portant barbe de Patriarche,
Suant, soufflant, Bonneau fermait la marche.
O d'un grand Roi serviteur prétieux !
Il pense à tout, il a soin de conduire
Deux gros mulets tous chargés de vin vieux !
Longs saucissons, patés délicieux,
Jambons, poulets, où cuits ou prêts à cuire.

On avançait, alors que Jean Chandos
Cherchant partout son Agnès et son Page
Au coin d'un bois, près d'un certain passage,
Le fer en main rencontra nos Héros.
Chandos avait une suite assez belle
De fiers Bretons, pareille en nombre â celle
Qui suit les pas du Monarque amoureux.
Mais elle était d'espèce différente :
On n'y voyait ni têtons ni beaux yeux.
Oh, oh, dit-il d'une voix menaçante,
Galants Français, objets de mon couroux

Vous

Vous aurez donc trois filles avec vous,
Et moi Chandos je n'en aurai pas une ?
Cà, combattons je veux que la fortune
Décide ici qui fait le mieux de nous
Mettre à plaisir ses ennemis dessous,
Frapper d'estoc et pointer de sa lance.
Que de vous tous le plus ferme s'avance ?
Qu'on entre en lice ; et celui qui vaincra :
L'une des trois, à son aise tiendra.
Le Roi piqué de cette offre cinique
Veut l'en punir, s'avance, prend sa pique,
Dunois lui dit : ah ! laissez-moi Seigneur
Vanger mon Prince et des Dames l'honneur.
Il dit et court : la Trimouille l'arrête ;
Chacun prétend à l'honneur de la fête.
L'ami Bonneau toujours de bon accord
Leur proposa de s'en remettre au sort.
Car c'est ainsi que les Guerriers antiques,
En ont usé dans les tems héroiques :
Même aujourdhui dans quelques Républiques
Plus d'un emploi, plus d'un rang glorieux
Se tire aux dez, et tout en va bien mieux.
Le gros Bonneau tient le cornet, soupire
Craint pour son Roi, prend les dez, roule, tire.
Denis du haut du céleste rempart
Voyant le tout d'un paternel regard,
Et contemplant la Pucelle et son âne
Il conduisait ce qu'on nomme hazard.
Il fut heureux, le sort échut à Jeanne.
Jeanne, c'était pour vous faire oublier
L'infame jeu de ce grand Cordelier
Qui ci-devant avait rafflé vos charmes.
Jeanne à l'instant court au Roi, court aux armes.

Modeftement va derrière un buiffon
Se délaffer, détacher fon jupon,
Et revêtir fon armure facrée,
Qu'un Ecuyer tient déja préparée.
Puis à cheval elle monte en couroux,
Branlant fa lance et ferrant les genoux,
Elle invoquait les onze mille belles
Du pucelage Héroïnes fidèles.
Pour Jean Chandos, cet indigne Chrêtien
En combattant n'invoquait jamais rien.
Jean contre Jeanne avec fureur s'avance
Des deux cotez égale eft la vaillance:
Les deux courfiers bardés, coëffés de fer
Sous l'éperon partent comme un éclair,
Vont fe heurter, et de leur tête dure
Front contre front fracaffent leur armure ;
La flamme en fort, et le fang du Courfier
Teint les éclats du voltigeant acier.
Du choc affreux les échos rétentiffent,
Des deux courfiers les huit pieds réjailliffent,
Et les guerriers du coup défarçonnez
Tombent tous deux fur la croupe étonnez.
Ainfi qu'on voit deux boules fufpenduës
Aux bouts egaux de deux cordes tenduës
Dans une courbe au même inftant partir,
Hater leur cours, fe heurter, s'aplatir,
Et remonter fous le choc qui les preffe
Multipliant leur poids par leur viteffe.
Chaque parti crut morts les deux courfiers,
Et treffaillit pour les deux chevaliers.
Or des Français la championne augufte
N'avait la chair fi ferme, fi robufte,
Les os fi durs, les membres fi difpos,

Si musculeux, que le fier Jean Chandos.
Son équilibre ayant dans cette rixe
Abandonné sa ligne et son point fixé,
Son quadrupêde un haut-le-corps lui fit,
Qui sur le pré Jeanne d'Arc étendit
Sur son beau dos, sur sa croupe gentille
Et comme il faut que tombe toute fille.
Chandos pensait qu'en ce grand désaroi
Il avait mis où Dunois où le Roi.
Il veut soudain contempler sa conquête;
Le casque ôté, Chandos voit une tête
Où languissaieut deux grands yeux noirs et longs.
De la cuirasse il défait les cordons.
Il voit ô Ciel! ô plaisir! ô merveille!
Deux gros têtons de figure pareille,
Unis, polis, séparés, demi ronds
Et surmontés de deux petits boutons
Qu'en sa naissance à la rose vermeille.
On tient qu'alors en élevant la voix
Il bénit DIEU pour la premiére fois.
Elle est à moi la Pucelle de France
S'écria t-il, contentons ma vangeance.
J'ai grace au Ciel doublement mérité
De mettre à bas cette fiére beauté.
Que Saint Denis me regarde et m'accuse;
Mars et l'amour sont mes droits, et j'en use.
Son Ecuyer disait, poussez Mylord;
Du Trône Anglais affermissez le sort.
Frére Lourdis envain nous décourage;
Il jure en vain que ce saint pucelage
Est des Troyens le grand *Palladium*,
Le bouclier sacré du *Latium*;
De la victoire il est, dit-il, le gage;

C'est

C'eft l'oriflamme : il faut vous en faifir.
Ouï, dit Chandos, et j'aurai pour partage
Les plus grands biens, la gloire et le plaifir.
Jeanne pamée écoutait ce langage
Avec horreur ; et faifait mille vœux
A Saint Denis ne pouvant faire mieux.
Le grand Dunois d'un courage héroïque
Veut empêcher le triomphe impudique.
Mais comment faire ? il faut dans tout état
Qu'on fe foumette à la loi du combat.
Les fers en l'air et la tête panchée,
L'oreille baffe et du choc écorchée
Languiffamment le célefte baudet
D'un œil confus Jean Chandos regardait.

   Il nourriffait dès longtems dans fon ame
Pour la Pucelle une difcrette flâme,
Des fentiments nobles et délicats
Très peu connus des ânes d'ici bas.
Le Confeffeur du bon Monarque Charle
Tremble en fa chair alors que Chandos parle.
Il craint furtout que fon cher Pénitent
Pour foutenir la gloire de la France,
Qu'on avilit avec tant d'impudence,
A fon Agnès n'en veuille faire autant !
Et que la chofe encor foit imitée
Par la Trimouille et par fa Dorotheé.
Au pied d'un chêne il entre en oraifon
Et fait tout bas fa méditation
Sur les effets, la caufe, la nature
Du doux péché qu'aucuns nomment luxure.
En méditant avec attention
Le Benoit moine eut une vifion,
Affez femblable au prophétique fonge

De

De ce Jacob, heureux par un menſonge,
Pattevelu dont l'eſprit lucratif
Avait vendu ſes lentilles en Juif.
Ce vieux Jacob, ô ſublime miſtère!
Devers l'Euphrate une nuit aperçut,
Mille beliers qui grimpèrent en rut
Sur les brebis qui les laiſſerent faire.
Le moine vit de plus plaiſants objets,
Il vit courir à la même avanture
Tous les Héros de la race future.
Il obſervait les différents attraits,
De ces beautés qui dans leur douce guerre
Donnent des fers aux maîtres de la terre.
Chacune était auprès de ſon Héros
Et l'enchainait des chaines de paphos.
Tels au retour de Flore, et du Zéphire
Quand le Printems reprend ſon doux empire
Tous ces oiſeaux peints de mille couleurs
Par leurs amours agitent les feuillages:
Les papillons ſe baiſent ſur les fleurs,
Et les lions courent ſous les ombrages
A leurs moitiés qui ne ſont plus ſauvages.
C'eſt-là qu'il vit le beau François premier
Roi malheureux, mais galant Chevalier!
Avec Etampe, il ſe pâme, il oublie
Les autres fers qu'il reçut a Pavie.
Là, Charle-quint joint le mirthe au laurier,
Sert à la fois la Flamande et la Maure.
Quels Rois ô Ciel! l'un à ce beau métier
Gagne la goutte, et l'autre pis encore.
Près de Diane on voit danſer les ris,
Aux mouvements que l'amour lui fait faire,
Quand dans ſes bras tendrement elle ſerre

En

En se pamant le second des Henris.
De Charle neuf le successeur volage,
Quitte en riant sa Cloris pour un Page,
Sans s'allarmer des troubles de Paris.
Mais quels combats le Jacobin vit rendre
Par Borgia le sixiéme Alexandre !
En cent tableaux il est représenté.
Là, sans thiare et d'amour transporté
Avec Vanoze il se fait sa famille.
Un peu plus bas on voit sa Sainteté
Qui s'attendrit pour Lucréce sa fille.
O Léon dix ! ô sublime Paul trois !
A ce beau jeu vous passez tous les Rois,
Mais vous cédez à mon grand Béarnois,
A ce Vainquenr de la Ligue rebelle.
A mon Héros plus connu mille fois
Par les plaisirs que goûta Gabrielle,
Que par vingt ans de travaux et d'exploits.
Bientot on voit le plus beaux des spectacles,
Ce siécle heureux, ce siécle des miracles,
Ce grand Louis, cette superbe Cour
Où tous les Arts sont instruits par l'amour.
L'amour bâtit ce superbe Versailles,
L'amour aux yeux des peuples éblouis,
D'un lit de fleurs fait un Trône à Louis.
Malgré les cris du fier DIEU des batailles
L'amour améne au plus beau des humains
De cette Cour les rivales charmantes,
Toutes en feu, toutes impatientes ;
De Mazarin la niéce aux yeux divins,
La généreuse et tendre la Valière,
La Montespan plus ardente et plus fiére:
L'uné se livre au moment de jouïr,
Et l'autre attend le moment du plaisir.

Voici

Voici le tems de l'aimable Régence
Tems fortuné, marqué par la licence,
Où la folie agitant son grelot
D'un pied leger parcourt toute la France,
Où nul mortel ne daigne être dévot,
Où l'on fait tout excepté penitence.
Le bon Régent de son Palais Royal
Des voluptés donne à tous le signal.
Vous répondez à ce signal aimable
Jeune Daphné bel astre de la Cour,
Vous répondez du sein du Luxembourg,
Vous que Bacchus et le DIEU de la table
Ménent au lit, escortez par l'amour.

Mais je m'arrête, et de ce dernier âge
Je n'ose en vers tracer la vive image.
Trop de péril suit ce charme flatteur.
Le tems présent est l'arche du Seigneur.
Qui la touchait d'une main trop hardie
Puni du Ciel, tombait en létargie.
Je me tairai ; mais si j'osais pourtant
O des beautés aujourdhui la plus belle !
O tendre objet, noble, simple, touchant !
Et plus qu'Agnès, généreuse et fidelle
Si j'osais, mettre à vos divins genoux
Ce grain d'encens que l'on ne doit quá vous.
Si de l'amour je déploiais les armes,
Si je chantais ce tendre et doux lien,
Si je disais . . . . non, je ne dirai rien,
Je serais trop au dessous de vos charmes.

Dans son extase enfin le moine noir
Vit à plaisir ce que je n'ose voir.
D'un œil avide et toujours très modeste,
Il contemplait le spectacle céleste

De

De ces beautés, de ces nobles amants,
De ces plaisirs deffendus et charmants.
Hélas! dit-il, si les grands de la terre
Font deux à deux cette éternelle guerre ;
Si l'Univers doit en paſſer par-là,
Dois-je gémir que Jean Chandos ſe mette
A deux genoux auprès de ſa brunette,
Du Seigneur DIEU la volonté ſoit faite.
Amen, amen, dit-il, et ſe pâma,
Croyant jouir de tout ce qu'il voit-là.
Mais Saint Denis était loin de permettre
Qu'aux yeux du ciel Jean Chandos oſât mettre
Et la Pucelle et la France aux abois.
   Ami lecteur, vous avez quelque fois
Oüi conter qu'on nouait l'éguillette :
C'eſt une étrange et terrible recette
Et dont un Saint ne doit jamais uſer,
Que quand d'un autre il ne peut s'aviſer.
D'un pauvre amant le feu ſe tourne en glace,
Vif et perclus ſans rien faire, il ſe laſſe ;
Dans ſes efforts étonné de languir
Et conſumé ſur le bord du plaiſir.
Telle une fleur des feux du jour ſéchée
La tête baſſe, et la tige panchée,
Demande en vain les humides vapeurs
Qui lui rendaient la vie et les couleurs.
Voilà comment le bon Denis arrête
Le fier Anglais dans ſes droits de conquête.
Jeanne échapant à ſon vainqueur confus,
Reprend ſes ſens quand il les a perdus :
Puis d'une voix impoſante et terrible
Elle lui dit tu n'ès pas invincible.
Tu vois qu'ici dans le plus grand combat

Puis

Dieu t'abandonne et ton cheval s'abat.
Dans l'autre un jour je vangerai la France;
Denis le veut, et j'en ai l'affurance :
Et je te donne avec tes combattans
Un rendez-vous dans les murs d'Orléans.
Le fier Chandos lui repartit ; ma belle
Vous m'y verrez pucelle où non pucelle :
J'aurai pour moi Saint George le très-fort,
Et je promets de réparer mon tort.

_____

CHANT

CHANT DOUZIEME.

Comment Jean Chandos veut abuser de la devote Dorothée. Combat de la Trimouille et de Chandos. Ce fier Chandos est vaincu par Dunois.

O Volupté mére de la nature,
Belle Venus! seule Divinité
Que dans la Gréce invoquait Epicure,
Qui du Cahos chassant la nuit obscure,
Donne la vie et la fecondité,
Le sentiment et la felicité,
A cette foule innombrable, agissante,
D'êtres mortels à ta voix renaissante :
Toi que l'on peint désarmant dans tes bras
Le Dieu du Ciel et le Dieu de la guerre ;
Qui d'un sourire écarte le tonnerre,
Calme les flots, fait naître sous tes pas
Tous les plaisirs qui consolent la terre ;
Tendre Vénus, conduis en sureté
Le Roi des Francs qui défend sa patrie.
Loin des périls conduis à son côté
La belle Agnès à qui son cœur se fie.
Pour les amants de bon cœur je te prie.
Pour Jeanne d'Arc je ne t'invoque pas :
Elle n'est pas encor sous ton empire.
C'est à Denis de veiller sur ses pas ;

Elle est pucelle, et c'est lui qui l'inspire.
Je recommande à tes douces faveurs
Ce la Trimouille et cette Dorothée :
Verse la paix dans leurs sensibles cœurs ;
De son amant que jamais écartée
Elle ne soit exposée aux fureurs
Des ennemis qui l'ont persécutée.
Et toi Comus récompense Bonneau :
Répands tes dons sur ce bon Tourangeau,
Qui sut conclure un accord pacifique
Entre son Prince, et ce Chandos cinique.
Il obtint d'eux avec dexterité
Que chaque troupe irait de son côté
Sans nul reproche et sans nulles querelles,
A droite à gauche ayant la Loire entr'elles.
Sur les Anglais il étendit ses soins
Selon leurs gouts, leurs mœurs, et leurs besoins.
Un gros *Rostbief* que le beurre assaisonne,
Des *Plumpuddings*, des vins de la Garonne
Leur sont offerts ; et les mets plus exquis,
Les ragoûts fins dont le jus pique et flatte ;
Et les perdrix à jambes d'écarlatte,
Sont pour le Roi, les belles, les Marquis.
Le fier Chandos partit donc après boire,
Et cotoya les rives de la Loire,
Jurant tout haut que la première fois
Sur la pucelle il reprendrait ses droits.
En attendant il reprit son beau Page.
Jeanne revint ranimant son courage
Se replacer à côté de Dunois.

Le Roi des Francs avec sa garde bleue,
Agnès en tete, un Confesseur en queue,
A remonté l'espace d'une lieue
Les bords fleuris où la Loire s'étend

D'un

D'un cours tranquile et d'un flot inconſtant.
Sur des bâtteaux et des planches uſées
Un Point joignait les rives oppoſées.
Une Chapelle était au bout du Pont.
C'était Dimanche.   Un hermite à ſandale
Fait raiſonner ſa voix ſacerdotale.
Il dit la Meſſe ; un enfant la répond.
Charle et les ſiens ont eu ſoin de l'entendre
Dès le matin au château de Cutendre ;
Mais Dorothée en attendait toujours
Deux pour le moins, depuis qu'a ſon ſecours
Le juſte Ciel vengeur de l'innocence
Du grand bâtard employa la vaillance,
Et protegea ſes fidèles amours.
Elle deſcend, ſe retrouſſe, entre vîte,
Signe ſa face en trois jets d'eau bénite,
Plie humblement l'un et l'autre génou,
Joint les deux mains et baiſſe ſon beau cou.
Le bon hermite en ſe tournant vers elle,
Tout ébloui, ne ſe connaiſſant plus,
Au lieu de dire un *fratres orèmus*
Roulant les yeux dit: *fratres, qu'elle eſt belle !*
    Chandos entra dans la même Chapelle
Par paſſe-tems beaucoup plus que par zèle.
La tête haute il ſalue en paſſant
Cette beauté dévote à la Trimouille,
Et derrière elle en ſifflant s'agenouille
Sans un ſeul mot de *pater*, où de *avé*.
D'un cœur contrit au Seigneur élevé.
D'un air charmant la tendre Dorothée
Se proſternait par la grace excitée,
Front contre front et derriére lévé ;
Son court jupon retrouſſé par mégarde
Fait voir ſoudain . . . . ſitôt l'Anglois regarde

A

A decouvert deux jambes dont l'amour
A deffiné la forme et le contour :
Jambes d'yvoire, et telles que Diane
En laiffa voir au chaffeur Actéon.
Chandos alors faifant peu l'oraifon
Sentit au cœur un défir très-profane.
Sans nul refpect pour un lieu fi divin,
Il va gliffant une infolente main
Sous le jupon qui couvre un blanc fatin.

Je ne veux point par un crayon cinique,
Effarouchant l'efprit fage et pudique
De mes lecteurs, étaler à leurs yeux
Du grand Chandos l'effort audacieux.
Mais la Trimouille ayant vû difparaître
Le tendre objet dont l'amour le fit maître,
Vers la Chapelle il adreffe fes pas.
Jufqu'où l'amour ne nous conduit il pas ?
La Trimouille entre au moment où le Prêtre
Se retournait, où l'infolent Chandos
Etait tout près du plus charmant des dos,
Où Dorothée effrayée, éperduë
Pouffait des cris qui vont fendre la nuë.
Je voudrais voir nos bons peintres nouveaux
Sur cette affaire exerçant leurs pinceaux
Peindre à plaifir fur ces quatre vifages
L'etonnement des quatre perfonnages.
Le Poitevin criait à haute voix
Ofes-tu bien Chevalier difcourtois
Anglais fans frein, profanateur impie
Dans le lieu Saint porter ton infamie ?
D'un ton railleur où régne un air hautain
Se rajuftant, et regagnant la porte
Le fier Chandos lui dit, que vous importe ?
De cette Eglife êtes vous Sacriftain ?

Je suis bien plus, dit le Français fidèle,
Je suis l'amant aimé de cette belle.
Ma coutume est de vanger hautement
Son tendre honneur attaqué trop souvent.
Vous pourriez bien risquer ici le vôtre,
Lui dit l'Anglais : nous savons l'un et l'autre
Nôtre portée ; et Jean Chandos peut bien
Lorgner un dos, mais non montrer le sien.
Le beau Français et le Breton qui raille
Font préparer leurs chevaux de bataille.
Chacun reçoit des mains d'un Ecuyer
Sa longue lance et son rond bouclier ;
Se met en selle, et d'une course fière
Passe, repasse, et fournit sa carrière :
De Dorothée et les cris et les pleurs
N'arrêtaient point l'un et l'autre adversaire.
Son tendre amant lui criait, beauté chère
Je cours pour vous, je vous vange où je meurs.
Il se trompait : sa valeur et sa lance
Brillaient en vain pour l'amour et la France.
Après avoir en deux endroits percé
De Jean Chandos le haubert fracassé,
Prêt à saisir une victoire sûre,
Son cheval tombe, et sur lui renversé
D'un coup de pied sur son casque faussé
Lui fait au front une large blessure.
Le sang vermeil coule sur la verdure :
L'hermite accourt ; il croit qu'il va passer
Crie *in manus*, et le veut confesser.
Ah Dorothée ! ah douleur inouïe !
Auprès de lui sans mouvement, sans vie,
Ton désespoir ne pouvait s'exhaler ;
Mais que dis-tu lorsque tu pus parler ?
Mon cher amant ! c'est donc moi qui te tuë !

De

De tous tes pas la compagne affiduë
Ne devait pas un moment s'écarter ;
Mon malheur vient d'avoir pû te quitter.
Cette Chapelle est ce qui m'a perduë,
Et j'ai trahi la Trimouille et l'amour
Pour affister à deux Meffes par jour !
Ainfi parlait fa tendre amante en larmes ;
Chandos riait du fuccès de fes armes.
Mon beau Français la fleur des Chevaliers
Et vous auffi dévote Dorothée,
Couple amoureux, foyez mes prifonniers,
De nos combats c'est la loi refpectée :
Venez, je veux que ce Héros vaincu
Soit un un jour et captif et cocu.
Le jufte Ciel tardif en fa vengeance
Ne fouffrit pas cet excès d'infolence.
De Jean Chandos les péchez redoublés,
Filles, garçons, tant de fois violés,
Impieté, blafphême, impénitence,
Tout en fon tems fut mis dans la balance,
Et fut pefé par l'Ange de la Mort.
    Le grand Dunois avait de l'autre bord
Vû le combat et la déconvenance
De la Trimouille ; une femme éperduë
Qui le tenait languiffant dans fes bras ;
L'Hermite auprès qui marmotte tout bas,
Et Jean Chandos qui près d'eux caracole.
A ces objet il pique, il court, il vole.
C'était alors l'ufage en Albion
Qu'on apellât les chofes par leur nom.
Déja du Pont franchiffant la barrière
Vers le vainqueur il s'était avancé.
Fils de putain nettement prononcé
Frappe au timpan de fon oreille altière.

Oui je le fuis, dit-il, d'une voix fière.
Tel fut Alcide, et le divin Bacchus,
L'heureux Perfée et le grand Romulus,
Qui des brigands ont délivré la terre.
C'eft en leur nom que j'en vais faire autant ;
Va, fouvien-toi que d'un bâtard Normand
Le bras vainqueur à foumis l'Angleterre.
O vous batards du maître du tonnerre
Guidez ma lance et conduifez mes coups!
L'honneur le veut, vangez-moi, vangez-vous.
Cette priére était peu convenable.
Mais le Héros fçavait très-bien la fable :
Pour lui la Bible eut des charmes moins doux.
Il dit, et part. Les Molettes dorées
De fon harnois etoient bien affurées,
Des éperons armés de courtes dents
De fon courfier piquent les nobles flancs.
Le premier coup de fa lance acerée
Fend de Chandos l'armure diaprée,
Et fait tomber une part du collet
Dont l'acier joint le cafque au corcélet.
Le brave Anglais porte un coup éffroïable ;
Du bouclier la voute impénétrable
Reçoit le fer qui s'écarte en gliffant.
Les deux guerriers fe joignent en paffant,
Leur force augmente ainfi que leur colère.
Chacun faifit fon robufte adverfaire,
Les deux courfiers fous eux fe dérobants
Débaraffez de leurs fardeaux brillants
S'en vont en paix errer dans les Campagnes ;
Tels que l'on voit dans d'affreux tremblements
Deux gros rochers détachés des montagnes,
Avec grand bruit l'un fur l'autre roulans:
Ainfi tombaient ces deux fiers combattans,

Frap-

Frappant la terre et tous deux se serrans.
Du choc bruïant les échos retentissent,
L'air s'en émeut, les Nimphes en gémissent.
Ainsi quand Mars suivi par la terreur,
Couvert de sang, armé par sa fureur,
Du haut des Cieux descendait pour défendre
Les habitants des rives du Scamandre,
Et quand Pallas animait contre lui
Cent Rois ligués dont elle était l'apui ;
La terre entiére en était ébranlée,
De l'achéron la rive était troublée,
Et palissant sur ses horribles bords
Pluton tremblait pour l'Empire des morts.
Les deux héros fiérement se relèvent,
Les yeux en feu se regardent, s'obfervent,
Tirent leur sabre, et sous cent coups divers
Rompent l'acier dont tous deux sons couverts.
Déja le sang coulant de leurs blessures
D'un rouge noir avait teint leurs armures.
Les spectateurs en foule se pressants
Faisaient un cercle autour des combattans,
Le cou tendu, l'œil fixé, sans haleine,
N'ofant parler et remuant à peine.
On en vaut mieux quand on est regardé :
L'œil du public est aiguillon de gloire.
Les champions n'avaient que préludé
A ce combat d'éternelle memoire.
Achille, Hector, et tous les demi-Dieux,
Les grenadiers bien plus terribles qu'eux,
Et les lions beaucoup plus redoutables
Sont moins cruels, moins fiers, moins implacables,
Moins achranés. Enfin l'heureux bâtard
Se ranimant, joignant la force à l'art,
Saisit le bras de l'Anglais qui s'égare ;

Fait

Fait d'un revers voler son fer barbare,
Puis d'une jambe avancée à propos
Sur l'herbe rouge étend le grand Chandos ;
Mais en tombant son ennemi l'entraîne :
Couverts de poudre ils roulent sur l'Arène,
L'Anglais dessous et le Français dessus.
    Le doux vainqueur dont les nobles vertus
Guident son cœur quand son fort est prospère,
De son genou pressant son adversaire,
Rends-toi, dit-il ; Ouï.   Dit Chandos, attends,
Tiens c'est ainsi, Dunois, que je me rends.
Tirant alors pour ressource dernière
Un stilet court, il étend en arrière
Son bras nerveux, le ramène en jurant,
Et frappe au cou son vainqueur bienfaisant ;
Mais une maille en cet endroit entière
Fit émousser la pointe meurtrière.
Dunois alors cria, tu veux mourir,
Meurs scélérat ; et sans plus discourir
Il vous lui plonge avec peu de scruple
Son fer sanglant devers la clavicule.
Chandos mourant, se débattant en vain,
Disait encor tout bas : *fils de putain !*
Son cœur altier, inhumain, sanguinaire
Jusques au bout garda son caractère.
Ses yeux, son front pleins d'une sombre horreur,
Son geste encor menaçaient son vainqueur,
Son ame impie, inflexible, implacable
Dans les Enfers alla braver le Diable.
Ainsi finit comme il avait vécu
Ce dur Anglais par un Français vaincu.
Le beau Dunois ne prit point sa dépouille,
Il dédaignait ces usages honteux
Trop établis chez les Grecs trop fameux.

Tout-occupé de ſon cher la Trimouille,
Il le ranime, et deux fois ſon ſecours
De Dorothée ainſi ſauva les jours.
Dans le chemin elle ſoutient encore
Son tendre amant qui de ſes mains preſſé,
Semble revivre et n'être plus bleſſé
Que de l'éclat de ſes yeux qu'il adore.
Il les regarde et reprend ſa vigueur,
Sa belle amante au ſein de la douleur,
Sentit alors le doux plaiſir renaître :
Les agrémens d'un ſourire enchanteur
Parmi ſes pleurs commençaient à paraître.
Ainſi qu'on voit un nuage éclairé
Des doux raïons d'un Soleil temperé.

Le Roi Gaulois, ſa maîtreſſe charmante,
L'illuſtre Jeanne embraſſent tour à tour
L'heureux Dunois, dont la main triomphante
Avait vangè ſon pays et l'amour.
On admirait ſurtout ſa modeſtie,
Dans ſon maintien, dans chaque repartie.
Il eſt aiſé, mais il eſt beau pourtant
D'étre modeſte alors que l'on eſt grand.
Jeanne étouffait un peu de jalouſie,
Son cœur tout bas ſe plaignait du deſtin.
Il lui fachait que ſa pucelle main
Du mécréant n'eut pas tranché la vie :
Se ſouvenant toûjours du double affront,
Qui vers Cutendre à fait rougir ſon front,
Quand par Chandos au combat provoquée
Elle ſe vit abattue et manquée.

CHANT

CHANT TREIZIEME.

Grand repas a l'hotel de Ville d'Orleans, suivi d'un affaut general. Charle attaque les Anglais.

J'AURAIS voulu dans cette belle hiftoire,
Ecrite encor au temple de Mémoire,
Ne prefenter que des faits éclatans,
Et couronner mon Roi dans Orleans,
Par la Pucelle, et l'amour, et la gloire.
Il eft bien dur d'avoir perdu mon tems,
A vous parler de Cutendre et d'un Page,
De Grifbourdon, de la Lubrique rage,
D'un muletier et de tant d'accidents
Qui font grand tort au fil de mon ouvrage.
Mais vous favés que ces évenements
Furent écrits autrefois par un Sage ;
Je le copie et n'ai rien inventé.
Dans ces détails fi mon lecteur s'enfonce,
Si quelque fois fa dure gravité
Juge mon fage avec feverité ;
A certains traits fi le fourcil lui fronce,
Il peut, s'il veut, paffer fa pierre-ponce
Sur la moitié de ce Livre enchanté,
Mais qu'il refpecte au moins la verité.
    O verité ! vierge pure et facrée
Quand feras-tu dignement reverée ?

Divinité ! qui ſeule nous inſtruits !
Pourquoi, mets-tu ton palais dans un puits ?
Du fond du puits quand ſeras-tu tirée ?
Quand verrons-nous nos doctes écrivains
Exempts de fiel, libres de fantaiſie,
Fidelement nous aprendre la vie,
Les grands exploits de nos beaux Paladins ?

   Oh! qu'Ariſtote étala de prudence
Quand il cita L'archevêque Turpin !
Ce temoignage a ſon livre divin
De tout lecteur attire la croyance.

   Tout inquiet encor de ſon deſtin,
Vers Orleans Charle était en chemin
Environné de ſa troupe dorée,
Et demendant à Dunois des conſeils,
Ainſi que font tous les Roys ſes pareils :
Dans le malheur dociles et traitables !
Dans la fortune un peu moins practicables.

   Charle croiait qu'Agnès et Bonifoux
Suivaient de loin. Plein d'un eſpoir ſi doux
L'amant Royal ſouvent tourne la tête
Pour voir Agnès, et regarde, et s'arrête,
Et quand dunois preparant ſes ſuccés
Nomme *Orléans*, le Roy lui nomme *Agnès.*

   L'heureux batard dont l'active prudence
Ne s'occupait que du bien de la France,
Le jour baiſſant découvre un petit fort
Que Negligeait le fier duc de Betfort :
Ce fort touchait à la ville inveſtie ;
Dunois le prend, le Roy s'y fortiffie.
Des aſſiegeans c'étaient les Magazins.
Le DIEU ſanglant qui donne la victoire,
Le DIEU joufflu qui preſide aux feſtins

D'emplir ces lieux se disputaient la gloire,
L'un de Canons, et l'autre de bons vins,
Tout l'apareil de la guerre éffroyable,
Tous les aprêts des plaisirs de la table
Se rencontraient dans ce petit chateau.
Quels vrais succés pour Dunois et Bonneau!
Tout Orleans a ces grandes Nouvelles
Rendit a Dieu des graces solemnelles.
Un *Te Deum* au faubourdon chanté
Devant les chefs de la noble cité;
Un long Diner ou le juge et le Maire
Chanoine, Eveque et Guerriers invités.
En buvans fort chacuns a des Santés
Le verre en main tomberent tous par terre;
Un feu sur l'eau dont les brillans éclairs
Dans la nuit sombre illuminent les airs:
Les cris du peuple et le canon qui gronde
Avec fracas annoncerent au monde
Que le Roy Charle a ses sujets rendu
Va retrouver tout ce qu'il a perdu.
    Le beau Dunois aprés tant d'avantures,
Se retrouvant auprés de Jeanne d'Arc
Avait recu du Dieu qui porte un arc
De Nouveaux traits et de vives blessures;
Depuis le jour qu'ils s'étaient vûs tout nus,
Ce Dieu Malin qui jamais ne s'habille
Lui suggerait pour cette Auguste fille
De grans desirs aux heros tres connus;
Mais ces momens marqués pour l'allegresse
Furent suivis par des coups de détresse.
On n'entend plus que le nom de Betfort,
Alerte, aux murs, la victoire ou la mort.

L'an-

L'anglais vſait de ces momens propices
Ou nos bourgeois en vuidant les flacons
Louaient leur Prince et danſaient aux chanſons.
Sous une porte on plaça deux ſauciſſes
Non de boudin ! non telles que Bonneau
En inventa pour un ragout Nouveau :
Mais ſauciſſons dont la poudre fatale
Se dilátant, ſouflant avec éclair
renverſe tout, confond la terre et l'air.
Machine affreuſe, homicide, infernale
Qui contenait dans ſon ventre de fer
Ce feu pétri des mains de Lucifer.

    Par une méche artiſtement poſée,
En un moment la miniere embrazée
S'etend, s'eleve, et porte a mille pas
Bois, gonds, battants, et ferrure en éclats.
    Le grand Talbot entre et ſe precipite;
Fureur, ſuccés, gloire, amour tout l'excite.
Depuis longtems il brulait en ſecret
Pour la moitié du Preſident Louvet.
Ce digne Enfant, cet Enfant de la guerre
Conduit ſous lui les braves d'Angleterre;
Allons, dit-il, genereux conquerants
Portons par tout et le fer et les flames,
Buvons le vin des Poltrons d'Orleans,
Prenons leur or, baiſons touttes leurs femmes.
Jamais Ceſar dont les traits éloquents
Portaient l'audace et l'honneur dans les ames
Ne parla mieux à ſes fiers combattans.
    Sur ce terrein que la porte enflamée
Couvre en ſautant d'une épaiſſe fumée,
Eſt un rempart que la *Hire* et *Poto.*
Ont élevé de pierre et de gazon,

                                 Un

Un parapet garni d'artillerie
Peut repouffer la premiere furie
Les premiers coups du terrible Betfort.
   Poton, la Hire y paroiffent d'abord :
Un peuple entier derriere eux s'evertuë,
Le canon gronde et l'horrible mot *tuë*
Eft repété quand les bouches d'enfer
Sont en filence et ne troublent plus l'air.
Vers le rempart les échelles dreffées
Portent deja cent cohortes preffées,
Et le foldat le pied fur l'échelon
Le fer en main pouffe fon compagnon.
   Dans ce peril, ny Poton, ny la Hire
N'ont oublié leur efprit qu'on admire.
Avec prudence ils avaient tout prevus,
Avec adreffe a tout ils ont pourvus.
   L'huile bouillante et la poix embrafée,
De pieux pointus une forêt croifée,
De larges faulx que leur tranchant effort
Fait reffembler a la faulx de la mort ;
Et des moufquets qui lancent les tempêtes
De plomb volant fur les Bretonnes Têtes:
Tout ceque l'art et la neceffité
Et le malheur et l'intrepidité,
Et la peur même ont pu mettre en ufage
Eft employé dans ce jour de carnage.
   Que de Bretons bouillis, coupés, percés !
Mourants en foule et par rang entaffés.
Ainfi qu'on voit fous cent mains diligentes
Tomber l'épi des moiffons jauniffantes.
Mais cet affaut fierement fe maintient:
Plus il en tombe et plus il en revient.
De l'hydre affreux les têtes menaçantes,

Tom-

Tombant a terre et toujours renaiſſantes,
Epouvantaient le fils de Jupiter:
Ainſi l'anglais dans les feux, ſous le fer,
Aprés ſa chutte encor plus formidable
Brave en montant le nombre qui l'acable.

    Tu t'avànçais ſur ces remparts ſanglans
Fier Richemont digne eſpoir d'Orleans:
Cinq cent bourgeois, gens de cœur et d'élite
En chancelans Marchent ſous ſa conduite ;
Enluminés du gros vin qu'ils ont bu:
Sa ſeve encor animait leur vertu,
Et Richemont criait d'une voix forte,
Pauvres bourgeois vous n'avés plus de porte
Mais vous m'avés ! . . . . il ſuffit combattons,
Il dit ; et vole au milieu des Bretons.

    Deja Talbot s'etait fait un paſſage
Au haut du mur, et deja dans ſa rage
D'un bras terrible il porte le trepas,
Il fait de l'autre avancer ſes ſoldats,
Il s'établit ſur ce dernier azile
Qui te reſtait, o malheureuſe ville !
Charle en ſon Fort triſtement retiré,
D'autres Anglais par malheur entouré
Ne peut marcher vers la ville attaquée,
D'accablement ſon ame eſt ſuffoquée.
Quoi, diſait-il, ne pouvoir ſecourir
Mes chers ſujets que mon œil voit perir ?
Ils ont chanté le retour de leur maitre,
J'allais entrer et combattre peutêtre,
Les délivrer des Anglais inhumains,
Le fort cruel enchaine ici mes mains.
Non, lui dit Jeane, il eſt tems de paraitre,
Venés, mettés en ſignalant vos coups
Ces durs Bretons entre Orleans et vous.

Marchés

Marchés mon Prince et vous fauvés la ville,
Nous fommes peu, mais vous en valés mille.
    Charle lui dit : quoi vous favés flatter !
Je vaux bien peu, mais je vais meriter
Et vôtre eftime et celle de la France
Et des Anglais; il dit : pique et s'avance.
Devant fes pas l'oriflame eft porté
Jeane et Dunois volent a fon coté.
Il eft fuivi de fes gens d'ordonnance,
Et l'on entend a travers mille cris,
Vive le Roy, Montjoye, et Saint Denis.
    Charle, Dunois, et la pucelle altiere
Sur les Bretons s'elancent par derriere ;
Tels que des monts qui tiennent dans leur fein
Les refervoirs du Danube et du Rhin,
L'aigle fuperbe aux ailes étenduës,
Aux yeux perçans, aux huit griffes pointuës,
Planant dans l'air tombe fur des faucons
Qui s'acharnaient fur le cou des herons.
    L'Anglais furpris croiant voir une armée
Defcend Soudain de la ville allarmée.
Tous les bourgeois devenus valeureux,
Les voyans fuir defcendent après eux.
    Charle plus loin entouré de carnage,
Jufqu'à leur camp fe fait un beau paffage.
Les affiegeans a leur tour affiegés,
En tête, en queuë, affaillis. égorgés,
Tombent en foule au bord de leurs tranchées,
D'armes, de morts, et de mourans jonchées;
Et de leur corps ils faifaient un rempart.
    Dans cette horrible et fanglante mêlée
Le Roy difait à Dunois, cher Batard
Dis-moi de grace, ou donc eft-elle allée ?

Qui

Qui? Dit Dunois; le bon Roy lui repart
Ne fçais-tu pas cequ'elle eft devenuë?
Qui donc? Helas ! elle était difparuë
Hier au foir avant qu'un heureux fort
Nous eut conduit au chateau de Betfort,
Et dans la place on eft entré fans elle.
Vous la verrés dans peu, dit la Pucelle.
Ciel ! dit le Roy qu'elle me foit fidele !
Gardés la moi. Pendant ce beau difcours
Il avançait et combattait toujours.

CHANT

CHANT QUATORZIEME.

Agnés et Bonifoux font au chateau de con-
culix. Vangeance de Grifbourdon, Rufe
du diable, &c.

OH! que ne puis-je en grand vers magnifiques
    Ecrire au long tant de faits heroïques!
Homere feul a le droit de conter
Tous les exploits, touttes les avantures
De les étendre et de les repeter,
De fupputer les coups et les bleffures
Et d'ajouter au grand combat d'Hector
De grands combats et des combats encor.
C'eft la fans doute un fur moyen de plaire:
Mais je ne puis me refoudre a vous taire
D'autres dangers dont le deftin cruel
Circonvenait la belle Agnès Sorel.
    Quand fon amant s'avançait vers la gloire
Dans les chemins fur les rives de Loire,
Elle entretient le pere Bonifoux
Qui toujours fage, infinuant, et doux
Du Tentateur lui contait quelqu'hiftioire
Divertiffante et fans reflexions,
Sous l'agrement déguifant fes Leçons.
    A quelque pas la Trimouille et fa Dame
S'entretenaient de leur fidele flâme,
Et du deffein de vivre enfemble un jour
Dans leur chateau tout entiers a l'amour.

Dans

Dans le chemin la main de la Nature
Tend ſous leurs pieds un tapis de verdure,
Velours unis, ſemblable au pré fameux
Ou s'exerçait la rapide Athalante
Sur le Duvet de cette herbe naiſſante.

Agnès s'aproche et chemine avec eux,
Le confeſſeur ſuivait la belle errante.
Tous quatre allaient tenants de beaux diſcours
De pieté, de combats, et d'amours.

Sur les Anglais, ſur le diable on raiſonne ;
En raiſonnant on ne vit plus perſonne,
Chacun fondait doucement, doucement
Homme et cheval ſur le terrein mouvant.

D'abord les pieds, puis le corps, puis la tête,
Tout diſparut ainſi qu'a cette fête
Qu'en un palais d'un fameux cardinal
Trois fois au moins par ſemaine on aprête ;
A l'opera ſouvent joué ſi mal ;
Plus d'un heros a nos regards échape
Et dans l'enfer deſcend par une trape.

Monroſe vit du rivage prochain
La belle Agnès, et fût tenté ſoudain
De venir rendre a l'objet qu'il obſerve
Tout le reſpect que ſon ame conſerve.
Il paſſe un pont, mais il devient perclus,
Quand la voïant ſon œil ne la vit plus.
Froid comme marbre et blême comme Gipſe
Il veut marcher, mais lui-même il s'éclipſe.

Paul Tirconnel qui de loin l'apèrcut
A ſon ſecours a grand galop courut,
En arrivant ſur la porte funeſte :
Paul Tirconnel y fond avec le reſte.
Ils tombent tous dans un grand foûterrein,
Qui conduiſait aux portes d'un jardin,

Tcl

Tel que n'en eut jamais le quatorziême,
De ces Louis, aïeul d'un Roy qu'on aime !
Et le jardin conduifait au chateau,
Digne en tout fens de ce jardin fi beau,
C'etait ! . . . . Mon cœur a ce feul nom foupire !
De conculix le formidable Empire.
O Dorothée ! Agnès, et Bonifoux !
Qu'alles-vous faire et que deviendrés-vous ?
Si cet impur du vice infatiable
Vous affoffie a fa rage execrable
    Que la vangeance eft une paffion
Funefte au monde, affreufe, impitoyable !
C'eft un tourment, c'eft une obfeffion
Et c'eft auffi le partage du diable.
    Le gros damné de pere Grifbourdon,
Terrible encor au fond de fa chaudiere,
En blafphemant cherchait l'occafion
De fe vanger de la pucelle altiere,
Parqui la haut d'un coup d'eftramaçon
Son chef tendu fut privé de fon tronc,
Il s'ecrioit à Belzebut : mon pere
Ne pourras-tu dans quelque gros péché
Faire tomber cette Jeane fevere ?
J'y crois pour moi ton honneur attaché.
Il ne faut pas beaucoup de rétorique
Pour engager le tentateur antique
A Travailler de fon premier metier.
De tout méchef ce maudit ouvrier,
Courut bien vite obferver fur la terre
Ceque faifaient fes amis d'angleterre,
En quel etat, et de corps, et d'efprit,
Se trouvait Jeane aprés le grand conflit.
    Charle, Dunois, et la groffe amazone,
Laffés tous trois des travaux de Bellone,

Etaient

Etaient enfin revenus dans leur Fort
En attendant quelque nouveau renfort.
Des affiegés la breche reparée
Aux affaillans ne permet plus d'entrée,
Des ennemis la troupe eft retirée.
Les citoyens, le Roy Charle et Betfort,
Chacun chez foi foupe en hâte et s'endort.
　　Mufes tremblés de l'étrange avanture
Qu'il faut aprendre a la race future ;
Et vous, Lecteurs, en qui le ciel a mis
Les fages gouts d'une tendreffe pure,
Remerciés le bon Monfieur Denis
Qu'un grand péché n'ait pas été comis.
Il vous fouvient que je vous ai promis
De vous donner des memoires fideles
De ce Baudet poffeffeur de deux ailes :
La nuit des tems cache encor aux humains
De l'ane aîlê quels étaient les deffeins ;
Quand il avait fous fes aîles dorées
Porté Dunois aux Lombardes contrées.
De ce Heros cet ane était jaloux.
Plus d'une fois en portant la pucelle,
Deffous fa croupe il fentit l'Eteincelle
De ce beau feu plus vif encor que doux.
Ame, reffort, et principe des Mondes
Qui dans les airs, dans les bois, dans les ondes
Produit les corps et les anime tous :
Ce feu facré dont il vous refte encore
Quelques rayons dans ce monde épuifé,
Feu pris au ciel ! pour animer Pandore ;
Depuis ce tems le flambeau s'eft ufé !
Tout eft fletri, la force Languiffante
De la Nature en nos malheureux jours
Ne produit plus que d'imparfaits amours.

S'il

S'il eft encor une flame agiffante,
Un germe heureux des principes Divins,
Ne cherchés pas chés Venus, Vranie.
Ne cherchés pas chés les faibles humains,
Mais Voyagés aux confins d'Arcadie.
Beaux celadons que des objets vainqueurs
Ont enchaînés par des Liens de fleurs,
Tendres amans en cuiraffe, en foutane,
Prelats, Abbés, Colonels, Confeillers,
Gens du bel air et même cordeliers!
En fait d'amour defiés-vous d'un ane.
De Lucien le fameux ane d'or
Si renommé par fa metamorphofe,
De celui-ci n'aprochait pas encor,
Il n'étoit qu'homme et c'eft bien peu de chofe.
    La groffe Jeane au Vifage Vermeil.
Qu'ont rafraichi les pavots du fommeil,
Entre fes draps doucement receuillië
Se rapellait les deftins de fa vie.
De tant d'exploits fon jeune cœur flatté
A Saint Denis n'en donna pas la gloire,
Elle conçut un grain de vanité.
Denis faché comme on peut bien le croire
Pour la punir laiffa quelque momens
Sa Protegée au pouvoir de fes fens.
Denis voulut que fa Jeane qu'il aime
Connut enfin ce qu'on eft par foi-même
Et qu'une femme en toutte occafion
Pour fe conduire a befoin d'un Patron.

CHANT

Mais j'avouerai que je ne conçois pas
Lorfque l'on tient un Dunois dans fes bras,
Comment on fent un defir fi profane!
Avec Dunois comment aimer un ane?
A cet objet la nature patit,
Je me connais, je ferais alarmée
D'un tel galant. Jeanne lui repondit
En foupirant ; ah vous a t-il aimée?

Z   CHANT

CHANT SEIZIEME.

La Présidente Louvet devient folle d'amour
pour le Sire Talbot.

MON cher Lecteur fait par experience,
Que ce beau DIEU qu'on nous peint dans l'enfance,
Et dont les jeux ne font pas jeux d'enfans,
A deux carquois tout-à fait différents.
L'un a des traits dont la douce piqûre
Se fait fentir fans danger, fans douleur,
Croit par le tems, pénétre au fond du cœur,
Et vous y laiffe une vive bleffure ;
Les autres traits font un feu dévorant,
Dont le coup part et brule au même inftant.
Dans les cinq fens ils portent le ravage,
Un rouge vif allume le vifage;
D'un nouvel être on fe croit animé,
D'un nouveau fang le corps eft enflammé ;
On n'entend rien; le regard étincelle
L'eau fur le feu bouillonnant à grand bruit
Qui fur fes bords s'élève, échape, et fuit,
N'eft qu'une image imparfaite, infidèle,
De ces défirs dont l'excès vous pourfuit.
  Songez Lecteurs, que ces fatales flammes
Brulent vos corps et hazardent vos ames.

Vous avertir eſt mon premier devoir,
Et le ſecond eſt de faire ſavoir
Comment Denis punit l'ane infidèle,
Par qui Satan fit rougir la Pucelle;
Quel avantage en prit le beau Dunois :
Il faut chanter leurs feux, et leurs exploits.
Je dois conter quelle terrible ſuite
De Conculix eut l'infame conduite;
Ce que devint l'éfronté Tirconnel,
Et quel ſecours étrange et ſalutaire
Sut procurer notre Reverend Pére
A Dorothée, à la douce Sorel,
Et par quel art il les tira d'affaire.
　　Mais avant tout le ſiege d'Orleans
Eſt le grand point qui tous nous intéreſſe.
O DIEU d'amour! ô puiſſance! ô faibleſſe!
Amour fatal! tu fus prêt de livrer
Aux ennemis ce rempart de la France.
Ce que l'Anglais n'oſait plus eſpérer,
Ce que Betfort et ſon expérience,
Ce que Talbot et ſa rare vaillance
Ne purent faire, amour, tu l'entrepris :
Tu fais nos maux, cher enfant, et tu ris.
　　En te jouant dans la triſte contrée
Où cent Héros combattent pour deux Rois,
Ta douce main bleſſa depuis deux mois
Le grand Talbot d'une flêche dorée,
Que tu tiras de ton premier carquois.
C'était avant ce ſiége mémorable,
Dans une trêve, hélas! trop peu durable.
Il conféra, ſoupa paiſiblement
Avec Louvet ce grave Préſident :
Lequel Louvet eut la gloire imprudente
De faire auſſi ſouper la Préſidente.

Ma-

Madame était un peu collet monté.
L'amour se plut à dompter sa fierté.
Il hait l'air prude, et souvent l'humilie.
Il dérangea sa noble gravité,
Par un des traits qui fonde la folie.
La Présidente en cette occasion
Gagna Talbot et perdit la raison.
   Vous avez vu la fatale escalade,
L'assaut sanglant, l'horrible canonade,
Tous ces combats, tous ces hardis efforts,
Au haut des murs, en dedans, en dehors,
Lorsque Talbot et ces fiéres cohortes
Avaient brisé les remparts et les portes,
Et que sur eux tombaient du haut des toits
Le fer, la flamme, et la mort à la fois :
L'ardent Talbot avait d'un pas agile
Sur des mourants pénétré dans la ville,
Renversant tout, criant à haute voix,
Anglais entrez ; bas les armes, bourgeois ?
Il ressemblait au grand Dieu de la guerre,
Qui sous ses pas fait retentir la terre,
Quand la discorde, et Bellone, et le sort
Arment son bras ministre de la mort.
   La Présidente avait une ouverture
Dans son logis auprès d'une mazure,
Et par ce trou contemplait son amant,
Ce casque d'or, ce panache ondoyant,
Ce bras armé ; ces vives étincelles
Qui s'élançaient du rond de ses prunelles
Ce port altier, cet air d'un demi Dieu !
La Présidente en était tout en feu,
Hors de ses sens, de honte dépouillée.
Telle autrefois d'une loge grillée
Une beauté dont l'amour prit le cœur,

Lorg-

Lorgnait Baron cet immortel Acteur,
D'un œil ardent dévorait sa figure,
Son beau maintien, ses gestes, sa parure:
Mêlait tout bas sa voix à ses accens,
Et recevait l'amour par tous les sens.

N'en pouvant plus la belle Présidente
Dans son accès dit à sa confidente,
Cours, ma Suzon, Vole, va le trouver:
Dis-lui, dis-lui, qu'il vienne m'enlever.
Si tu ne peux lui parler, fais lui dire,
Qu'il ait pitié de mon tendre martire ;
Et que s'il est un digne Chevalier,
Je veux souper ce soir dans son quartier.
La confidente envoye un jeune Page ;
C'était son frére ; il fait bien son message :
Et sans tarder six estaffiers hardis
Vont chez Louvet, et forcent le logis.

On entre ; on voit une femme masquée,
Et mouchetée, et peinte, et requinquée,
Le front garni de cheveux vrais, ou, faux
Montés en arc et tournés en anneaux.
On vous l'enléve, on la fait disparaître
Par les chemins dont Talbot est le maître.

Ce beau Talbot ayant dans ce grand jour
Tant répandu, tant essuyé d'allarmes
Voulut le soir dans les bras de l'amour
Se consoler du malheur de ses armes.
Tout vrai Héros, ou vainqueur, ou battu,
Quand il le peut, soupe avec sa maitresse.
Sire Talbot, qui n'est point abattu,
Attend chez lui l'objet de sa tendresse.
Tout était prêt pour un souper exquis,
De gros flacons à panse cizelée
Ont rafraichi dans la grace pilée

Ce jus brillant, ces liquides rubis
Que tient Citeaux dans ses cavaux bénis.
A l'autre bout de la superbe Tente,
Est un sopha d'une forme élégante,
Bas, large, mou, très proprement orné,
A deux chevets, à dossier contourné,
Où deux amis peuvent tenir à l'aise.
Sire Talbot vivait à la Française.

   Son premier soin fut de faire chercher
Le tendre objet qui l'avait sçu toucher.
Tout ce qu'il voit, parle de son amante,
Il la demande, on vient, on lui présente
Un monstre gris en pompons enfantins,
Haut de trois pieds en comptant ses patins.
D'un rouge vif ses paupiéres bordées
Sont d'un suc jaune en tout tems inondées,
Un large nez au bout torse, et crochu
Semble couvrir un long menton fourchu.
Talbot crut voir la maîtresse du Diable.
Il jette un cri qui fait trembler la table.
C'était la sœur du gros Monsieur Louvet,
Qu'en son logis sa garde avait trouvée,
Et qui de gloire et de plaisir crevait,
Se pavanant de se voir enlevée :
La Présidente en proye à la douleur
D'avoir manqué son illustre entreprise,
Se désolait de la triste méprise ;
Et jamais sœur n'a plus maudit sa sœur.
L'amour déja troublait sa fantaisie.
Ce fut bien pis lorsque la jalousie
Dans son cerveau porta de nouvaux traits ;
Elle devint plus folle que jamais.

En, auctor omnino fecit

www.ingramcontent.com/pod-product-compliance
Lightning Source LLC
Chambersburg PA
CBHW051132260626
47170CB00005B/1781